金陵全書

丁編·文獻類

玉臺新詠

（南朝陳）徐陵 輯

南京出版傳媒集團
南京出版社

圖書在版編目（CIP）數據

玉臺新詠 / (南朝陳) 徐陵輯. -- 南京 : 南京出版
社, 2021.4
（金陵全書）
ISBN 978-7-5533-3198-0

Ⅰ. ①玉… Ⅱ. ①徐… Ⅲ. ①古典詩歌 - 詩集 - 中國
Ⅳ. ①I222

中國版本圖書館CIP數據核字（2021）第033561號

書　　名　【金陵全書】（丁編・文獻類）
　　　　　玉臺新詠
作　　者　（南朝陳）徐陵
出版發行　南京出版傳媒集團
　　　　　南　京　出　版　社
　　　　　社址：南京市太平門街53號　　郵編：210016
　　　　　網址：http://www.njcbs.cn　　電子信箱：njcbs1988@163.com
　　　　　聯系電話：025-83283893、83283864（營銷）　025-83112257（編務）

出 版 人　項曉寧
出 品 人　盧海鳴
責任編輯　嚴行健
裝幀設計　楊曉崗
責任印製　楊福彬

製　　版　南京新華豐製版有限公司
印　　刷　南京凱德印刷有限公司
開　　本　889毫米×1194毫米　1/16
印　　張　24.25
版　　次　2021年4月第1版
印　　次　2021年4月第1次印刷
書　　號　ISBN 978-7-5533-3198-0
定　　價　600.00元

南京出版社
圖書專營店

總序

南京，古稱金陵，中國著名的四大古都之一，是國務院首批公佈的國家歷史文化名城。

南京有着六十萬年的人類活動史，近二千五百年的建城史，約四百五十年的建都史，享有『六朝古都』『十朝都會』的美譽。南京歷史的興衰起伏在某種程度上可以説是中國歷史的一個縮影。在中華民族光輝燦爛的歷史長河中，古聖先賢在南京創造了舉世矚目、富有特色的六朝文化、南唐文化、明文化和民國文化，爲中華民族文化的傳承和發展做出了不朽貢獻。然而，由於時代的遞遷、戰爭的破壞以及自然的損毁等原因，歷史上南京的輝煌成就以物質文化形態留存下來的相對較少，見諸文獻典籍的則相對較多。南京文獻内涵廣博，卷帙浩繁，版本複雜。截至一九四九年中華人民共和國成立，南京文獻留存下來的有近萬種，在全國歷史文化名城中名列前茅。以六朝《世説新語》《文心雕龍》《昭明文選》，唐朝《建康實録》，宋朝《景定建康志》《六朝事迹編類》，元朝《至正金陵新志》，明朝《洪武京城圖志》《金陵古今圖考》《客座贅語》，清朝《康熙江寧府志》《白下瑣言》，民國《首都計劃》《首都志》《金陵古蹟圖考》等爲代表的南京地方文獻，不僅是南京文化的集中體現，也是中華民族優秀傳統文化的重要組成部分。這些南京文獻，積澱貯存了歷代南京人民的經驗和智慧，翔實地反映了南京地區的社會變遷，是研究南京乃至全國政治、經濟、軍事、文化、外交和民風民俗的重要資料。

歷史上的南京文化輝煌燦爛，各類圖書典籍琳琅滿目。迄今爲止，南京文獻曾經有過三次不同程度的整理。

第一次是距今六百多年前的明朝永樂年間，明朝中央政府在南京組織整理出版了《永樂大典》。《永樂大典》正文二萬二千八百七十七卷，凡例和目録六十卷，分裝成一萬一千零九十五册，總字數約三億七千萬字。書中保存了中國上自先秦、下迄明初的各種典籍資料達七八千種，是中國古代最大的類書。

第二次是民國年間，南京通志館編印了一套《南京文獻》。《南京文獻》每月一期，從一九四七年元月至一九四九年二月共刊行了二十六期，收入南京地方文獻六十七種，包括元明清到民國各個時期的著作，其中收録的部分民國文獻今天已經成爲絶版。

第三次是二〇〇六年以來，南京出版社選取部分南京珍貴文獻，整理出版了一套《南京稀見文獻叢刊》點校本，到二〇二〇年，已經出版了六十九册一百零五種，時代上起六朝，下迄民國，在學術普及方面做出了一定的貢獻。

中華人民共和國成立以來，尤其是改革開放以來，南京的政治、經濟、文化建設飛速發展，但南京文獻的全面系統整理出版工作一直没有得到應有的重視，這與南京這座國家歷史文化名城的地位頗不相稱。據調查，目前有關南京的各類文獻主要保存在南京圖書館、南京市檔案館，以及全國各地的高等院校、科研院所、圖書館、檔案館、博物館，少數流散於民間和國外。一方面，廣大讀者要查閲這些收藏在全國各地的南京文獻殊爲不便；另一方面，許多珍貴的南京文獻隨着歲月的流逝而瀕臨損毁和失傳。南京文獻的存史、資治、教化、育人功能没有得到應有的發揮。

盛世修史（志）。在中華民族和平崛起和大力弘揚民族傳統文化、全力發展民族文化事業的大背景下，在建設『文化南京』的發展思路下，中共南京市委、南京市人民政府於二〇〇九年十二月做出決定，將南京有史以來的地方文獻進行全面系統的匯集、整理和影印出版，輯爲《金陵全書》（以下簡稱《全書》），以更好地搶救和保護鄉邦文獻，傳承民族文化，推動學術研究，促進南京文化建設；同時，也更爲有効地增加南京文獻存世途徑，提昇南京文獻地位，凸顯南京文獻價值。

爲編纂出能够代表當代最高學術水平和科技成就，又經得起時間檢驗的《全書》，我們將編纂工作分成三個階段進行。第一個階段爲調研階段，主要對南京現存文獻的種類、數量、保存現狀以及收藏地點等進行深入細緻的調研，召集專家學者多次進行學術論證和可操作性論證，撰寫出可行性調查報告，爲科學決策提供依據，此項工作主要由中共南京市委宣傳部和南京出版社組織完成。第二個階段爲啓動階段，以二〇〇九年十二月二十四日召開的『《金陵全書》編纂啓動工作會』爲標志，市委主要領導親自到會動員講話，市委宣傳部對《全書》的編纂出版工作作了明確部署。在廣泛徵求專家學者意見的基礎上，確定了《全書》的總體框架設計，確定了將《全書》列爲市委宣傳部每年要實施的重大文化工程，確定了主要參編責任單位和責任人，並分解了任務。第三個階段爲編纂出版階段，主要在全國範圍内進行資料的徵集、遴選和圖書的版式設計、複製、排版及印製工作。

爲了確保《全書》編纂出版工作的順利進行，中共南京市委、南京市人民政府成立了專門的編纂出版組織機構。其中編輯工作領導小組，由中共南京市委、市政府領導以及相關成員單位主要負責人組成；《全書》的編纂出版工作由市委宣傳部總牽頭；學術指導委員會，由蔣贊初、茅家琦、梁白泉等一批全國著名的專家學者組成，負責《全書》的學術審核和把關。

《全書》分爲方志、史料、檔案和文獻四大類。自二〇一〇年起，計劃每年出版四十册左右。鑒於《全書》的整理出版工作難度較大，周期較長，在具體操作中，我們採取了分工協作的方式。市委宣傳部和南京出版社負責《全書》的總體策劃，其中方志部分，主要由南京市地方志編纂委員會辦公室和南京出版傳媒集團·南京出版社共同承擔；史料和文獻部分，主要由南京圖書館承擔；檔案部分，主要由南京市檔案局（館）承擔。《全書》的編輯出版，得到了江蘇省文化廳、江蘇省新聞出版局、江蘇省檔案局（館）、南京大學、南京圖書館、南京市文廣新局、南京市社科聯（社科院）、南京市文聯、金陵圖書館以及各區委宣傳部和地方志辦公室等單位及社會各界的熱情鼓勵和大力支持，尤其是得到了中國國家圖書館和全國各地（包括港臺地區）高等院校、科研院所、圖書館、檔案館、博物館等藏書單位的鼎力相助，在此表示深深的謝意！

我們相信，在中共南京市委、南京市人民政府的長期不懈支持下，在各部門、各單位的積極配合和衆多專家學者的共同努力下，這項功在當代、利在千秋的傳世工程一定能够圓滿完成。

《金陵全書》編輯出版委員會

凡例

一、《金陵全書》（以下簡稱《全書》）收録的南京文獻，分爲方志、史料、檔案和文獻四大類。

二、《全書》按上述四大類分爲甲、乙、丙、丁四編，以不同的封面顏色加以區分；每編酌分細類，原則上以成書時代爲序分爲若幹册，依次編列序號。

三、《全書》收録南京文獻的地域範圍，包括了清代江寧府所轄上元、江寧、句容、溧水、高淳、江浦、六合。

四、《全書》收録的南京文獻，其成書年代的下限爲一九四九年。

五、《全書》收録方志、史料和文獻，盡量選用善本爲底本。《全書》收録的檔案以學術價值和實用價值較高爲原則，一般選用延續時間較長、相對比較完整的檔案全宗。

六、《全書》收録的南京文獻底本如有殘缺、漫漶不清等情况，必要時予以配補、抽换或修描，以保證全書完整清晰；稿本、鈔本、批校本的修改、批注文字等均保留原貌。

七、《全書》收録的南京文獻，每種均撰寫提要，置於該文獻前，以便讀者了解其作者生平、主要内容、學術文化價值、編纂過程、版本源流、底本採用等情況。

八、《全書》所收文獻篇幅較大時，分爲序號相連的若幹册；篇幅較小的文獻，則將數種合編爲一册。

九、《全書》統一版式設計，大部分文獻原大影印；對於少數原版版面過大或過小的文獻，適當進行縮小或放大處理，並加以説明。

十、《全書》各册除保留文獻原有頁碼外，均新編頁碼，每册頁碼自爲起訖。

提要

《玉臺新詠》十卷，南朝陳徐陵輯。

徐陵（五〇七—五八三），字孝穆，東海郯（今山東郯城）人。父摛，梁戎昭將軍、太子左衛率，死後追任爲侍中、太子詹事。徐陵『八歲能屬文，十二通《莊》《老》義。既長，博涉史籍，縱横有口辯』。梁武帝中大通三年（五三一）五月，蕭綱被立爲皇太子，徐陵充選東宫學士。太清二年（五四八），兼任通直散騎常侍，出使東魏，滯留不得回。入陳後，歷任陳太府卿、五兵尚書、大著作、散騎常侍、御史中丞、吏部尚書、尚書右僕射、尚書左僕射、太子詹事、左光祿大夫、太子少傅等職。陳後主至德元年（五八三）卒，謚曰章。著有《徐孝穆集》三十卷，今存六卷。生平事蹟詳《陳書》卷二十六《徐陵傳》、《南史》卷六十二《徐陵傳》。

《玉臺新詠》亦有稱《玉臺集》《玉臺新詠集》，據唐劉肅《大唐新語》云：『梁簡文爲太子，好作艷詩，境内化之。晚年欲改作，追之不及，乃令徐陵撰《玉臺集》以大其體。』是書前有徐陵所撰序言，故據劉肅、徐陵序及目録學著作，認定《玉臺新詠》爲徐陵編成。

本書共十卷，其内容，唐李康成謂是書乃輯録『西漢以來詞人所著樂府豔詩』，實亦含大量五言詩。其目的，如劉肅所謂『以大其體』，即提倡宮體詩風。其特色，徐陵序所謂『撰録艷歌』，明胡應麟謂『《玉臺》但輯閨房一體』；紀昀云『此書之例，非詞關閨闥者不收』，又云『此集所録，皆裙裾脂粉之詞，可備艷體之用。其非艷體而見收者，亦必篇中字句有涉閨幃』。其價值，宋陳玉父謂：『自漢魏以來，作者皆在焉，多蕭統《文選》所不載，覽者可以睹歷世文章盛衰之變云。』紀昀謂：『《玉臺新詠》雖宮體，而由漢及梁文章升降之故亦略見於斯。』又謂：『《鄭》《衛》之風，聖人不廢，苟心知其意，溫柔敦厚之旨亦未嘗不見於斯焉。』今人傅剛謂：『《文選》遺漏的很多重要的詩歌，如吳聲歌、西曲歌、文人擬樂府，均賴《玉臺新詠》得以保存，如《古詩爲焦仲卿妻作》、曹植《棄婦篇》、庾信《七夕詩》，僅見於本集。這部詩集主要是從入樂的角度收録作品，所以在聲韻方面較之《文選》更加講求。對於我們研究齊梁詩向隋唐近體詩的演變，具有重要的參考價值。古體向近體的演變，除了聲韻方面的講求外，最重要的便是句式的定型，《玉臺新詠》爲我們提供了具體的作品。』

現存最早的《玉臺新詠》爲唐寫本殘卷，收在《鳴沙石室古籍叢殘》中，王國維稱此本『絕勝諸本』。據劉躍進梳理，《玉臺新詠》共兩大版本系統：一是陳玉父刻本系統（談蓓芳認爲不如稱陳玉父寫本），屬於此系統的尚有明五雲溪館銅活字本（又衍華氏蘭雪堂活字本）、崇禎六年趙均刻本（又衍馮班抄本、日本文化三年刻本、吳兆宜注本、紀昀校本四個系統）和張嗣修本（又衍康熙刻本等）；一是嘉靖十九年（一五四〇）鄭玄撫刻本，屬於此系統的尚有嘉靖二十二年楊玄錀刻本、萬曆七年茅元禎刻本和天啟二年沈逢春刻本等。

陳玉父本是現存《玉臺新詠》最早的刻本，而明刻諸本中，真正出於陳玉父刻本的，只有五雲溪館銅活字本。該本鄧邦述寒壽山房舊藏，現歸北京圖書館。另國家圖書館、南京圖書館亦有收藏。《金陵全書》收録的《玉臺新詠》以南京圖書館藏明五雲溪館銅活字本爲底本原大影印出版。

劉曉亮

玉臺新詠集序

陳尚書左僕射太子少傅東海徐陵孝穆撰

夫凌雲槩日由余之所未窺千門萬戶張衡之所曾賦周王璧臺之上漢帝金屋之中玉樹以珊瑚作枝珠簾以玳瑁爲柙其中有麗人焉其人也五陵豪族充選掖庭四姓良家馳名永巷亦有潁川新市河間觀津本號嬌娥曾名巧笑楚王宮裏無不推其細腰衞國佳人俱言訝其纖手閱詩敦禮豈東鄰之自媒婉約風流異西施之被教弟兄協律由小學歌長生河陽由來能舞琵琶新曲無待石

館活字

崇箜篌雜引非關曹植傳鼓瑟於楊家得吹簫於秦女至若寵聞長樂陳后知而不平畫出天仙閼氏覽而遙妒至如東鄰巧笑來侍寢於更衣西子微嚬得橫陳於甲帳陪遊馺娑騁纖腰於結風長樂鴛鴦奏新聲於度曲粧鳴蟬之薄鬢照墮馬之垂鬟反插金鈿橫抽寶樹南都石黛最發雙蛾北地燕支偏開兩靨亦有嶺上仙童分丸魏帝腰中寶鳳授曆軒轅金星將婺女爭華麝月與姮娥競爽驚鸞冶袖時飄韓掾之香飛燕長裾宜結陳王之佩雖非圖畫入甘泉而不分言異神仙戲陽臺

無別眞可謂傾國傾城無對無雙者也加以天時開朗逸思雕華妙解文章尤工詩賦琉璃硯匣終日隨身翡翠筆牀無時離手清文滿篋非唯芍藥之花新製連篇寧止葡萄之樹九日登高時有緣情之作萬年公主非無累德之辭其佳麗也如彼其才情也如此既而椒宮宛轉柘觀陰岑絳鶴晨嚴銅蠡晝靜三星未夕不事懷衾五日猶賒誰能理曲優遊少託寂寞多閑厭長樂之疎鍾勞中宮之緩箭纖腰無力怯南陽之擣衣生長深宮笑扶風之織錦雖復投壺玉女爲歡盡於百嬌爭博齊

姬心賞窮於六箸無怡神於暇景唯屬意於新詩
庶得代彼皐蘇蠲茲愁疾但往世名篇當今巧製
分諸麟閣散在鴻都不籍篇章無由披覽於是然
脂瞑寫弄筆晨書選錄艷歌凡爲十卷曾無忝於
雅頌亦靡濫於風人涇渭之間若斯而已於是麗
以金箱裝之瑤軸三臺妙迹龍伸蠖屈之書五色
花牋河北膠東之紙高樓紅粉仍定魚魯之文辟
惡生香聊防羽陵之蠹靈飛太甲高擅玉函鴻烈
仙方長推丹枕至如靑牛帳裏餘曲旣終朱鳥窗
前新粧已竟方當開茲縹帙散此縚繩永對翫於

書幃長循環於纖手豈如鄧學春秋儒者之功難習竇專黃老金丹之術不成固勝西蜀豪家託情窮於魯殿東儲甲觀流詠止於洞簫變彼諸姬聊同棄日猗歟彤管無或譏焉

玉臺新詠集序

玉臺新詠目錄卷之一

個乃怨甚妙在雖于答

語語為故人吐氣正是爲新人妙訣非特形容絕異是乃情人之言

玉臺新詠卷之一

古詩八首

其一

上山採蘼蕪，下山逢故夫。長跪問故夫，新人復何如？新人雖言好，未若故人姝。顏色類相似，手爪不相如。新人從門入，故人從閤去。新人工織縑，故人工織素。織縑日一匹，織素五丈餘。將縑來比素，新人不如故。

其二

懔懔歲云暮，螻蛄多鳴悲。涼風率已厲，遊子寒無

衣錦衾遺洛浦同袍與我違獨宿累長夜夢想見
容輝良人唯古歡枉駕惠前綏願得常巧笑攜手
同車歸既來不須臾又不處重闈諒無晨風翼焉
得凌風飛眄睞以適意引領遥相睎徙倚懷感傷
垂涕沾雙扉

其三

冉冉孤生竹結根泰山阿與君爲新婚菟絲附女
蘿菟絲生有時夫婦會有宜千里遠結婚悠悠隔
山陂思君令人老軒車來何遲傷彼蕙蘭花含英
揚光輝過時而不採將隨秋草萎君亮報高節賤

妾亦何爲

其四

孟冬寒氣至北風何慘慄愁多知夜長仰觀衆星列三五明月滿四五蟾兔缺客從遠方來遺我一書札上言長相思下言久離別置書懷袖中三歲字不滅一心抱區區懼君不識察

其五

客從遠方來遺我一端綺相去萬餘里故人心尚爾文彩雙鴛鴦裁爲合歡被着以長相思緣以結不解以膠投漆中誰能別離此

其六

四座且莫諠願聽歌一言請説銅鑪器崔嵬象南山上枝似松柏下根據銅盤雕文各異類離婁自相聯誰能爲此器公輸與魯班朱火然其中青烟颺其間從風入君懷四座且莫歡香風難久居空令蕙草殘

其七

悲與親友别氣結不能言贈子以自愛道遠會見難人生無幾時顛沛在其間念子棄我去新心有所歡結志青雲上何時復來還

其八

穆穆清風至，吹我羅裳裾。青袍似春草，長條隨風舒。朝登津梁山，褰裳望所思。安得抱柱信，皎日以爲期。

古樂府詩六首

日出東南隅行

陌上桑羅敷自明之作

日出東南隅，照我秦氏樓。秦氏有好女，自言名羅敷。羅敷善蠶桑，採桑城南隅。青絲爲籠繩，桂枝爲籠鉤。頭上倭墮髻，耳中明月珠。緗綺爲下裳，紫綺爲上襦。觀者見羅敷，下擔捋髭鬚。少年見羅敷，脫

巾着帩頭耕者忘其耕鋤者忘其鋤來歸自相喜
但坐觀羅敷使君從南來五馬立踟蹰使君遣吏
往問此誰家姝答云秦氏女自言名羅敷羅敷年
幾何二十尚未滿十五頗有餘使君謝羅敷寧可
共載不羅敷前置辭使君一何愚使君自有婦羅
敷自有夫東方千餘騎夫壻居上頭何以識夫壻
白馬從驪駒素絲繫馬尾黃金絡馬頭腰間鹿盧
劍可直千萬餘十五府小吏二十朝大夫三十侍
中郎四十專城居爲人潔白晳鬑鬑頗有鬚盈盈
公府步冉冉府中趨坐中數千人皆言夫壻殊

相逢狹路間行　與樂府極異爲

相逢狹路間道隘不容車如何兩少年挾轂問君家君家誠易知易知復難忘黃金爲君門白玉爲君堂堂上置樽酒使作邯鄲倡中庭生桂樹華燭何煌煌兄弟兩三人中子爲侍郎五日一來過道上自生光黃金絡馬頭觀者滿路傍入門時左顧但見雙鴛鴦鴛鴦七十二羅列自成行音聲何噰噰鶴鳴東西廂大婦織綺羅中婦織流黃小婦無所作挾瑟上高堂丈人且安坐調絲未遽央

隴西行

天上何所有歷歷種白楡桂樹夾道生青龍對道隅鳳凰鳴啾啾一母将九鶵顧視世間人為樂甚獨殊好婦出迎客顔色正敷愉伸腰再拜跪問客平安不請客北堂上坐客氊氍毹清白各異樽酒上正華疏酌酒持與客客言主人持却略再拜跪然後持一杯談笑未及竟左顧勑中厨促令辨麄飯慎莫使稽留廢禮送客出盈盈庭中趨送客亦不遠足不過門樞取婦得如此齊姜亦不如健婦持門戶勝一大丈夫

艶歌行

翩翩堂前燕冬藏夏來見兄弟兩三人流蕩在他
縣故衣誰爲補新衣誰當綻賴得賢主人覽取爲
吾綻夫壻從門來斜倚西北眄語卿且勿眄水清
石自見石見何纍纍遠行不如歸

皚如山上雪

皚如山上雪皎若雲間月聞君有兩意故來相决
絶今日斗酒會明旦溝水頭躞蹀御溝上溝水東
西流凄凄復凄凄嫁娶不須啼願得一心人白頭
不相離竹竿何嫋嫋魚尾何蓰蓰男兒重意氣何
用錢刀爲

双白鵠

飛來雙白鵠乃從西北來十十將五五羅列行不齊忽然卒疲病不能飛相隨五里一反顧六里一徘徊吾欲啣汝去口噤不能開吾欲負汝去羽毛日摧頹樂哉新相知憂來生別離踟躕顧群侶淚落縱橫垂今日樂相樂延年萬歲期

雜詩九首　枚乘

其一

西北有高樓上與浮雲齊交疏結綺窻阿閣三重階上有絃歌聲音響一何悲誰能爲此曲無乃杞

梁妻清商隨風發中曲正徘徊一彈再三嘆慷慨有餘哀不惜歌者苦但傷知音稀願爲双鴻鵠奮翅起高飛

其二

東城高且長逶迤自相屬迴風動地起秋草萋且綠四時更變化歲暮一何速晨風懷苦心蟋蟀傷局促蕩滌放情志何爲自結束燕趙多佳人美者顏如玉被服羅衣裳當戶理清曲音響一何悲絃急知柱促馳情整巾帶沉吟聊躑躅思爲雙飛燕啣泥巢君屋

其三

行行重行行與君生別離相去萬餘里各在天一
涯道路阻且長會面安可知胡馬嘶北風越鳥巢
南枝

其四

相去日已遠衣帶日已緩浮雲蔽白日遊子不復
返思君令人老歲月忽已晚棄捐勿復道努力加
飡飯

其五

涉江採芙蓉蘭澤多芳草採之欲遺誰所思在遠

道還顧望舊鄉長路漫浩浩同心而離居傷憂以終老

其六

青青河畔草鬱〻園中柳盈〻樓上女皎〻當窗牖娥娥紅粉粧纖纖出素手昔爲倡家女今爲蕩子婦蕩子行不歸空牀難獨守

其七

蘭若生春陽涉冬猶盛滋願言追昔愛情款感四時美人在雲端天路隔無期夜光照玄陰長嘆戀所思誰謂我無憂積念發狂癡庭前有奇樹綠葉

發華滋攀條折其榮將以遺所思馨香盈懷袖路
遠莫致之此物何足貴但感別經時

其八

迢迢牽牛星皎皎河漢女纖纖擢素手札札弄機
杼終日不成章泣涕零如雨河漢清且淺相去復
幾許盈盈一水間脉脉不得語

其九

明月何皎皎照我羅裳幃憂愁不能寐攬衣起徘
徊行客雖云樂不如早旋歸出戶獨彷徨愁思當
告誰引領還入房淚下沾裳衣

歌詩一首并序　李延年

李延年知音善歌舞每爲漢武帝作新歌變曲聞者莫不感動延年侍座上起舞歌曰

北方有佳人絕世而獨立一顧傾人城再顧傾人國傾城復傾國佳人難再得

詩一首　蘇武

結髮爲夫婦恩愛兩不疑懽娱在今夕嬿婉及良時征夫懷遠路起視夜何其參辰皆已沒去去從此辭行役在戰場相見未有期握手一長歎淚爲

生別滋努力愛春華莫忘歡樂時生當復來歸死
當長相思

羽林郎詩　辛延年

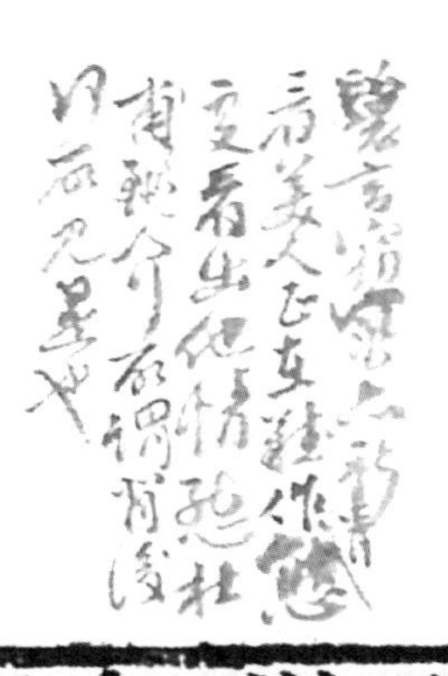

昔有霍家奴姓馮名子都依倚將軍勢調笑酒家
胡胡姬年十五春日獨當壚長裾連理帶廣袖合
歡襦頭上藍田玉耳後大秦珠兩鬟何窈窕一世
良所無一鬟五百萬兩鬟千萬餘不意金吾子娉
婷過我廬銀鞍何煜爚翠蓋空踟躕就我求清酒
絲繩提玉壺就我求珍肴金盤鱠鯉魚貽我青銅
鏡結我紅羅裾不惜紅羅裂何論輕賤軀男兒愛

後婦女子重前夫人生有新故貴賤不相踰多謝金吾子私愛徒區區

怨詩一首并序　班婕妤

昔漢成帝班婕妤失寵供養於長信宫乃作賦自傷并爲怨詩

新製齊紈素鮮潔如霜雪裁爲合歡扇團圓似明月出入君懷袖動摇微風發常恐秋節至涼飈奪炎熱棄捐篋笥中恩情中道絶

董嬌饒詩一首　宋子侯

洛陽城東路桃李生路傍花花自相對葉葉自相

當春風東北起花葉正低昂不知誰家子提籠行採桑纖手折其枝花落何飄颺請謝彼姝子何爲見損傷高秋八九月白露變爲霜終年會飄墮安得久馨香秋時自零落春月復芬芳何時盛年去歡愛永相忘吾欲竟此曲此曲愁人腸歸來酌美酒挾瑟上高堂

漢時童謠歌一首

城中好高髻四方高一尺城中好大眉四方皆半額城中好廣袖四方用匹帛

同聲詩一首　張衡

邂逅承際會偶得充後房情好新交接恐慄若探湯不才勉自竭賤妾職所當綢繆主中饋奉禮助蒸嘗思爲莞蒻席在下蔽匡牀願爲羅衾幬在上衛風霜洒掃清枕席鞮芬以秋香重戶結金扃高下華燈光解衣巾粉卸列圖陳枕張素女爲我師儀態盈萬方衆夫所希見天老教軒皇樂莫斯夜樂沒齒焉可忘

贈婦詩三首幷序　秦嘉

秦嘉字士會隴西人也爲郡上掾其妻徐淑寢疾還家不獲面別贈詩云爾

其一

人生譬朝露居世多屯蹇憂艱常早至歡會常苦晚念當奉時役去爾日遥遠遣車迎子還空往復空返省書情悽愴臨食不能飯獨坐空房中誰與相勸勉長夜不能眠伏枕獨展轉憂來如尋環匪席不可卷

其二

皇靈無私親爲善荷天祿傷我與爾身少小罹煢獨既得結大義歡樂苦不足念當遠離别思念叙欵曲河廣無舟梁道近隔丘陸臨路懷惆悵中駕

正躑躅浮雲起高山悲風激深谷良馬不迴鞍輕車不轉轂針藥可屢進愁思難爲數貞士篤終始恩義不可促

其三

肅肅僕夫征鏘鏘揚和鈴清晨當引邁束帶待雞鳴顧看空室中髣髴想姿形一別懷萬恨起坐爲不寧何用叙我心遺思致款誠寶釵好耀首明鏡可鑒形芳香去垢穢素琴有清聲詩人感木瓜乃欲荅瑶瓊愧彼贈我厚慙此往物輕雖知未足報貴用叙我情

秦嘉答妻詩　徐淑

妾身兮不令嬰疾兮來歸沉滯兮家門歷時兮不差曠廢兮侍覲情敬兮有違君今兮奉命遠適兮京師悠悠兮離別無因兮叙懷瞻望兮踴躍佇立兮徘徊思君兮感結夢想兮容輝君發兮引邁去我兮日乖恨無兮羽翼高飛兮相追長吟兮永歎淚下兮沾衣

飲馬長城窟行　蔡邕

青青河邊草綿綿思遠道遠道不可思宿昔夢見之夢見在我旁忽覺在他鄉他鄉各異縣展轉不

相見枯桑知天風海水知天寒入門各自媚誰肯相為言客從遠方來遺我雙鯉魚呼兒烹鯉魚中有尺素書長跪讀素書書上竟何如上有加飱食下有長相思

飲馬長城窟行　陳琳

飲馬長城窟水寒傷馬骨誰謂長城吏慎莫稽留太原卒官作自有程舉築諧汝聲男兒寧當格鬭死何能怫鬱築長城長城何連連連連三千里邊城多健兒內舍多寡婦作書與內舍便嫁莫留住善事新姑嫜時時念我故夫子報書與邊地君今

出語一何鄙身在禍難中何爲稽留他家子生男慎莫舉生女哺用脯君獨不見長城下死人骸骨相撑拄結髮行事君慊く心意關明知邊地苦賤妾何能久自全

雜詩五首　　徐幹

其一

沉陰結愁憂愁憂爲誰興念與君相別各在天一方良會未有期中心摧且傷不聊憂飱食慊く常飢空端坐而無爲髣髴君容光

其二

峨峨高山首悠悠萬里道君去日已遠鬱結令人
老人生一世間忽若暮春草時不可再得何爲自
愁惱每誦昔鴻恩賤軀焉足保

其三

浮雲何洋洋願因通我辭飄飄不可寄徙倚徒相
思人離皆復會君獨無反期自君之出矣明鏡暗
不治思君如流水何有窮已時

其四

慘慘時節盡蘭華凋復零喟然長歎君息期慰我
情展轉不能寐長夜何綿綿躡履起出戶仰觀三

星連自恨志不遂泣涕如涌泉

其五

思君見巾櫛以益我勞勤安得鴻鸞羽覯此心中人誠心亮不遂搔首立悄悄何言一一不見復會無因緣故然比目魚今隔如參辰

室思

人靡不有初想君能終之別來歷年歲舊思何可期重新而忘故君子所猶譏寄身雖在遠豈忘君須臾既厚不爲薄想君時見思

情詩

高殿鬱崇崇廣厦淒泠泠微風起閨闥落日照階庭踟蹰雲屋下笑歌倚華楹君行殊不返我飾爲誰榮鑪薰闔不用鏡匣上塵生綺羅失常色金翠暗無精嘉肴既忘御旨酒亦常停顧瞻空寂寂唯聞燕雀聲憂思連相屬中心如宿酲

定情詩　繁欽

我出東門遊邂逅承清塵思君即幽房侍寢執衣巾時無桑中契迫此路側人我既媚君姿君亦悅我顔何以致拳拳綰臂双金環何以致殷勤約指一双銀何以致區區耳中双明珠何以致叩叩香

囊繫肘後 何以致契闊繞腕雙跳脫何以結恩情
美玉綴羅纓何以結中心素縷連雙針何以結相
投金薄畫搔頭何以慰別離耳後玳瑁釵何以荅
歡悅紈素三條裾何以結愁悲白絹雙中衣與我
期何所乃期東山隅日旰兮不來谷風吹我襦遠
望無所見涕泣起踟躕與我期何所乃期山南陽
日中兮不來凱風吹我裳逍遥莫誰覩望君愁我
腸與我期何所乃期西山側日夕兮不來躑躅長
歎息遠望涼風至俯仰正衣服與我期何所乃期
山北岑日暮兮不來淒風吹我衿望君不能坐悲

苦愁我心愛身以何爲惜我華色時中情旣款款
然後尅密期褰衣躡茂草謂君不我欺厠此醜陋
質徙倚無所之自傷失所欲淚下如連絲

古詩爲焦仲卿妻作并序　無名氏

漢末建安中廬江府小吏焦仲卿妻劉
氏爲仲卿母所遣自誓不嫁其家逼之
乃沒水而死仲卿聞之亦自縊於庭樹
時傷之爲詩云爾

孔雀東南飛五里一徘徊十三能織素十四學裁
衣十五彈箜篌十六誦詩書十七爲君婦心中常

苦悲君既爲府吏守節情不移賤妾留空房相見
常自稀彼意常依依雞鳴入機織夜夜不得息三
日斷五匹大人故嫌貴非爲織作遲君家婦難爲
妾不堪驅使徒留無所施便可白公姥及時相遣
歸府吏得聞之堂上啓阿母兒已薄祿相幸復得
此婦結髮同枕席黃泉共爲友共事二三年始爾
未爲久女行無偏斜何意致不厚阿母謂府吏何
乃太區區此婦無禮節舉動自專諸吾意久懷忿
汝豈得自由東家有賢女自名秦羅敷可憐體無
比阿母爲汝求便可速遣之遣去愼莫留府吏長

入伏惟字奇至此始要遂遣矣
惡母難見留婦既遣

跪告伏惟啓阿母今若遣此婦終老不復取阿母
得聞之槌牀便大怒小子無所畏何敢助婦語吾
已失恩義會不相從許府吏默無聲再拜還入戶
舉言謂新婦哽咽不能語我自不驅卿逼迫有阿
母卿但暫還家吾今且報府不久當歸還還必相
迎取以此下心意慎勿違吾語新婦謂府吏勿復
重紛紜往昔初陽歲謝家來貴門奉事循公姥進
心敢自專晝夜勤作息伶俜縈苦辛謂言無罪過
供養卒大恩仍更被驅遣何言復來還妾有繡腰
襦葳蕤自生光紅羅復斗帳四角垂香囊箱簾六

七十綠碧青絲繩物物各自異種種在其中人賤
物亦鄙不足迎後人留待作遺施於今無會因時
時爲安慰久久莫相忘雞鳴外欲曙新婦起嚴粧
着我繡裌裙事事四五通足下躡絲履頭上玳瑁
光腰若流紈素耳着明月璫指如削葱根口如含
朱丹纖纖作細步精妙世無雙上堂拜阿母阿母
怒不止昔作女兒時生小出野里本自無教訓兼
愧貴家子受母錢帛多不堪母驅使今日還家去
念母勞家裏却與小姑別淚落連珠子新婦初來
時小姑始扶牀今日被驅遣小姑如我長勤心養

扶將句讀〻帶起生發惜缺五字捨不得想不得

此婦不遺公姥父兄無非逼嫁止一府吏志心而術不足以濟〻〻不死何待數語已是長訣府吏不知從鎖說起一字看不得讀得師

公姥好自相扶將初七及下九嬉戲莫相忘出門
登車去涕落百餘行府吏馬在前新婦車在後隱
隱何甸甸俱會大道口下馬入車中低頭共耳語
誓不相隔卿且暫歸家去吾今且赴府不久當還
歸誓天不相負新婦謂府吏感君區區懷君旣若
見錄不久望君來君當作盤石妾當作蒲葦〻〻
紉如絲盤石無轉移我有親父兄性行暴如雷恐
不任我意逆以煎我懷舉手長勞勞二情同依依
入門上家堂進退無顏儀阿母大拊掌不圖子自
歸十三教汝織十四能裁衣十五彈箜篌十六知

若是今人手筆後遺却第三郎矣爲見過迎迎之苦及母兄一段俗惡世態

入阿母作雅套語一段里俗老婆聲態在目

禮儀十七遣汝嫁謂言無誓違汝今何罪過不迎
而自歸蘭芝慙阿母兒實無罪過阿母大悲摧還
家十餘日縣令遣媒來云有第三郎窈窕世無双
年始十八九便言多令才阿母謂阿女汝可去應
之阿女含淚荅蘭芝初還時府吏見丁寧結誓不
別離今日違情義恐此事非奇自可斷來信徐徐
更謂之阿母白媒人貧賤有此女始適還家門不
堪吏人婦豈合令郎君幸可廣問訊不可便相許
媒人去數日尋遣丞請還說有蘭家女承籍有宦
官云有第五郎嬌逸未有婚遣丞爲媒人主簿通

此處慎重張大其事与後迎娶一段誇飾其盛正足同文但足令母兄動色蘭芝傷心乃兄又是一愚伯

喪仍多感人之言讀之生憤

聰明轉愛得妙對愚横人只得如此行發

通套俗情寫出有趣像之

語言直說太守家有此令郎君既欲結大義故遣
來貴門阿母謝媒人女子先有誓老姥豈敢言阿
兄得聞之悵然心中煩舉言謂阿妹作計何不量
先嫁得府吏後嫁得郎君否泰如天地足以榮汝
身不嫁義郎體其住欲何云蘭芝仰頭荅理實如
兄言謝家事夫壻中道還兄門處分適兄意那得
自任專雖與府吏要渠會永無緣登即相許和便
語太有叔術
可作婚姻媒人下牀去諾諾復爾爾還部白府君
下官奉使命言談大有緣府君得聞之心中大歡
喜視曆復開書便利此月內六合正相應良吉三

十日令已二十七卿可去成婚交語速裝束絡繹如浮雲青雀白鵠舫四角龍子幡婀娜隨風轉金車玉作輪躑躅青驄馬流蘇金鏤鞍齎錢三百萬皆用青絲穿雜彩三百匹交廣市鮭珍從人四五百鬱鬱登郡門阿母謂阿女適得府君書明日來迎汝何不作衣裳莫令事不舉阿女默無聲手巾掩口啼淚落便如瀉移我琉璃榻出置前窻下左手持刀尺右手執綾羅朝成繡裌裙晚成單羅衫晻晻日欲暝愁思出門啼府吏聞此變因求假暫歸未至二三里摧藏馬悲哀新婦識馬聲躡履相

即用前磐石蒲葦句反他府吏既変却精細　府吏好人畢竟不能深諒其妻正是他朴实府吏之死其母殺之也新婦之死事之母之兄殺之也二語便是公案父母作惡之效遂然殺其子女可畏之之

逢迎悵然遥相望知是故人來舉手拍馬鞍嗟嘆使心傷自君别我後人事不可量果不如先願又非君所詳我有親父母逼迫兼弟兄以我應他人君還何所望府吏謂新婦賀卿得高遷盤石方且厚可以卒千年蒲葦一時紉便作旦夕間卿當日勝貴吾獨向黃泉新婦謂府吏何意出此言同是被逼迫君爾妾亦然黃泉下相見勿違今日言執手分道去各各還家門生人作死别恨恨那可論念與世間辭千萬不復全府吏還家去上堂拜阿母今日大風寒寒風摧樹木嚴霜結庭蘭兒今日

入府吏還家母子問答一段情辭多不得

又挽起前話來走煜多妙法

牛馬嘶與新婦入青廬忽插新婦全篇妙甚

夫婦相死結局婉重在此一段卻又略得妙　看來府吏好終是一朴直人其妻好終是一剛烈女人也

冥冥令母在後單故作不良計勿復怨鬼神命如
南山石四體康且直阿母得聞之零淚應聲落汝
是大家子仕宦於臺閣慎勿爲婦死貴賤情可薄
東家有賢女窈窕艷城郭阿母爲汝求便復在旦
夕府吏再拜還長嘆空房中作計乃爾立轉頭向
戶裏漸見愁煎迫其日牛馬嘶新婦入青廬淹淹
黃昏後寂寂人定初我命絕今日魂去尸長留攬
裙脫絲履舉身赴青池府吏聞此事心知長別離
徘徊顧樹下自掛東南枝兩家求合葬合葬華山
傍東西植松柏左右種梧桐枝枝相覆蓋葉葉相

間男子多情不專在究幽而在朴直女人全節不專在貞一而在見變与寡婦何干此語妙甚極真〻〻

交通中有雙飛鳥自名爲鴛鴦仰頭相向鳴夜夜達五更行人駐足聽寡婦起傍徨多謝後世人戒之愼勿忘

古詩易長累言不易長也此詩累千數百言處處詳盡彼手無餘意之言言對手口之間有一驗說不出事處何以爲長詩之妙也人知其詳處而不知其略處人知其生處而不知其諧處人知其若處而不知其複處人知其直處而不知其細處知其爲者可以讀此詩

玉臺新詠卷之一

玉臺新詠目錄卷之二

玉臺新詠卷之二

於清河見輓船士新婚別妻　魏文帝

與君結新婚宿昔當別離涼風動秋草蟋蟀鳴相隨冽冽寒蟬吟蟬吟抱枯枝枯枝時飛揚身體忽遷移不悲身遷移但惜歲月馳歲月無窮極會合安可知願爲双黃鵠比翼戲清池

清河一首

方舟戲長水湛淡自浮沉絃歌發中流悲響有餘音音聲入君懷悽愴傷人心心傷安所念但願恩情深願爲晨風鳥双飛翔北林

塘上行　甄皇后

蒲生我池中其葉何離離傍能行仁義莫若妾自知衆口鑠黃金使君生別離念君去我時獨愁常苦悲想見君顏色感結傷心脾念君常苦悲夜夜不能寐莫以賢豪故棄捐素所愛莫以魚肉賤棄捐葱與薤莫以麻枲賤棄捐菅與蒯出亦復苦愁入亦復苦愁邊地多悲風樹木何修修從君致獨樂延年壽千秋

雜詩二首并序　王宋

王宋者平虜將軍劉勳妻也入門二十

年後勳悅山陽司馬氏女以宋氏無子
出之還於道中作詩二首

其一

翩翩牀前帳張以蔽光輝昔將爾同去今將爾同
歸緘藏篋笥裏當復何時披

其二

誰言去婦薄去婦情更重千里不唾井况乃昔所
奉遠望未爲遥踟躕不得住

雜詩五首　曹植

其一

明月照高樓流光正徘徊上有愁思婦悲歎有餘哀借問歎者誰言是客子妻君行踰十年孤妾當獨棲君若清路塵妾若濁水泥浮沉各異勢會合何時諧願爲西南風長逝入君懷君懷時不開妾心當何依

其二

西北有織婦綺縞何繽紛明晨秉機杼日莫不成文太息終長夜悲嘯入青雲妾身守空房良人行從軍自期三年歸今已歷九春孤鳥繞林翔嗷嗷鳴索群願爲南流景馳光見我君

其三

微陰翳陽景清風飄我衣遊魚潛渌水翔鳥薄天飛眇眇客行士遥役不得歸始出嚴霜結今夜白露晞遊子歎黍離處者歌式微慷慨對嘉賓悽愴內傷悲

其四

攬衣出中閨逍遥步兩楹閑房何寂寞綠草破階庭空室自生風百鳥翩南征春思安可忘憂慼與我幷佳人在遠道妾身獨單煢懽會難再遇蘭芝不重榮人皆弃舊愛君豈若平生寄松爲女蘿依

水如浮萍束身奉衿帶朝夕可墮傾儻願終盻盻
永副我中情

其五

南國有佳人容華若李朝遊桃江北岸夕宿湘川
沚時俗薄朱顏誰爲發皓齒俛仰歲將暮榮曜難
永恃

美女篇

美女妖且閑採桑岐路間長條紛冉冉落葉何翩
翩攘袖見素手皓腕約金環頭上金雀釵腰佩翠
琅玕明珠交玉体珊瑚間木難羅衣何飄飄輕裾

隨風還顧眄爲光彩長嘯氣若蘭行徒用息駕休
者以忘飡借問女安居乃在城南端青樓臨大路
高門結重關容華耀朝日誰不希令顏媒氏何所
營玉帛不時安佳人慕高義求賢良獨難衆人何
嗷嗷安知彼所觀盛年處房室中夜起長歎

種葛篇

種葛南山下葛藟自成陰與君初婚時結髮恩義
深歡愛在枕席宿昔同衣衾竊慕棠棣篇好樂如
瑟琴行年將晚暮佳人懷異心恩紀曠不接我情
遂抑沈出門當何顧徘徊步北林下有交頸獸仰

見雙栖禽攀枝長歎息淚下沾羅衿良馬知我悲
延頸對我吟昔爲同池魚今若商與參往古皆歡
遇我獨困於今棄置委天命悲愁安可任

浮萍篇

浮萍寄清水隨風東西流結髮辭嚴親來爲君子
逑恪勤在朝夕無端獲罪尤在昔蒙恩惠和樂如
瑟琴何意今摧頹曠若商與參茱萸自有芳不若
桂與蘭新人雖可愛無若故人歡行雲有反期君
恩儻中還慊慊仰天嘆愁心將何愬日月不常處
人生忽若寓悲風來入懷淚落如垂露小篋造裳

衣裁縫紈與素

棄婦詩

曹植

石榴植前庭綠葉搖縹青丹華灼烈烈帷彩有光榮光好曄流離可以處淑靈有鳥飛來集樹翼以悲鳴夫何爲丹華丹華實不成拊心長歎息無子當歸寧有子月經天無子若流星天月相終始流星沒無精栖遲失所宜下與瓦石并憂懷從中來歎息通雞鳴返側不能寐逍遙於前庭踟躕還入房肅肅帷幕聲褰幃更攝帶撫弦彈素箏慷慨有餘音要妙悲且清收淚長歎息何以負神靈招搖

待霜露何必春夏成晚穫爲良實願君且安寧

樂府二首　魏明帝

其一

昭昭素明月暉光燭我牀憂人不能寐耿耿夜何長微風衝閨闥羅帷自飄颻攬衣曳長帶縱履下高堂東西安所之徘徊以傍徨春鳥何南飛翩翩獨翱翔悲聲命儔匹哀鳴傷我腸感物懷所思泣涕忽沾裳佇立吐高吟舒憤訴穹蒼

其二

種瓜東井上冉冉自踰垣與君新爲婚瓜葛相結

運寄託不肖軀有如倚太山菟絲無枝株蔓延自登緣萍藻託清流常恐身不全被蒙丘山惠賤妾執拳拳天日昭知之想君亦俱然

詠懷詩二首　阮籍

其一

二妃遊江濱逍遥從風翔交甫解環佩婉孌有芬芳猗靡情歡愛千載不相忘傾城迷下蔡容好結中腸感激生憂思萱草樹蘭房膏沐為誰施其雨怨朝陽如何金石交一旦便離傷

其二

昔日繁華子安陵與龍陽夭夭桃李花灼灼有輝
光悅懌若九春磬折似秋霜流盼發姿媚言笑吐
芬芳攜手等歡愛宿昔同衾裳願爲雙飛鳥比翼
共翱翔丹青著明誓永世不相忘

樂府七首　傅玄

青青河邊草篇

青青河邊草悠悠萬里道草生在春時遠道還有
期春至不草生期盡歎無聲感物懷思心夢想發
中情夢君如鴛鴦比翼雲間翔既覺寂無見曠如
參與商夢君結同心比翼遊北林既覺寂無見曠

如商與參河洛自用固不如中岳安回流不汲汲浮雲往自還悲風動思心悠悠誰知者懸景無停居忽如馳駟馬傾耳懷音響轉目淚双墮生存無會期要君黃泉下

豫章行

苦相身爲女卑陋難再陳兒男當門戶墮地自生神雄心志四海萬里望風塵女育無欣愛不爲家所珍長大逃深室藏頭羞見人垂淚適他鄉忽如雨絕雲低頭和顏色素齒結朱唇跪拜無復數婢妾如嚴賓情合双雲漢葵藿傾陽春心乖甚水火

百惡集其身玉顏隨年變丈夫多好新昔爲形與
影今爲胡與秦胡秦時相見一絶踰參辰

艷歌行

有女懷芬芳提提步東廂蛾眉分翠羽明發目清
揚丹脣翳皓齒秀色若珪璋巧笑露歡靨衆媚不
可詳容儀希世出無乃古毛嬙頭安金步摇耳繫
明月璫珠環約素腕翠爵垂鮮光文袍綴藻黼玉
體映羅裳容華既以艷志節擬秋霜徽音冠青雲
聲響流四方妙哉英媛德宜配侯與王靈應萬世
合日月時相望媒氏陳束帛羔鴈鳴前堂百兩盈

中路起若鴛鳳翔凡夫徒踴躍望絕殊參商

怨歌行

昭昭朝時日皎皎晨明月十五入君門一別終華髮同心忽異離曠如胡與越胡越有會時參辰遼且闊形影雖髣髴音聲寂無達纖絃感促柱觸之哀聲發情思如循環憂來不可遏塗山有餘恨詩人詠采葛蜻蛚吟牀下回風起幽闥春榮隨露落芙蓉生木末自傷命不遇良辰永乖別已爾可奈何譬如紈素裂孤雌翔故巢星流光景絕魂神馳萬里甘心要同穴

明月篇

皎〻明月光灼灼朝日輝昔爲春蠒絲今爲秋女衣丹唇列素齒翠彩發蛾眉嬌子多好言歡合易爲姿玉顏盛有時秀色隨年衰常恐新間舊變故興細微浮萍無根本非水将何依憂喜更相接樂極還自悲

秋蘭篇

秋蘭蔭玉池池水清且芳芙蓉隨風發中有双鴛鴦双魚自踴躍兩鳥時廻翔君期歷九秋與妾同衣裳

西長安行

所思兮何在乃在西長安何用存問妾香⿰衤登雙珠環何用重存問羽爵翠琅玕今我兮聞君更有兮異心香亦不可燒環亦不可沈香燒日有歇環沈日自深

和班氏詩一首　傅玄

秋胡納令室三日宦他鄉皎皎潔婦姿冷冷守空房嬿婉不終夕別如參與商憂來猶四海易感難可防人言生日短愁者苦夜長百草揚春華攘腕採柔桑素手尋繁枝落葉不盈筐羅衣翳玉體迴

目流彩章君子倦任歸車馬如龍驤精誠馳萬里既至兩相忘行人悅令色請息此路傍誘以逢郎喻遂下黃金裝烈烈貞女忿言辭厲秋霜長驅及君室奉金升北堂母立呼婦來歡情樂未央秋胡見此婦惕然懷探湯負心豈不慙永誓非所望清濁自異源鳧鳳不並翔引身赴長流果哉潔婦腸彼夫既不淑此婦亦太剛

情詩五首　張華

其一

北方有佳人端坐鼓鳴琴終晨撫管絃日夕不成

音憂來結不解我思存所欽君子尋時役幽妾懷苦心初爲三載別於今久滯淫昔柳生戶牖庭內自成陰翔鳥鳴翠偶草虫相和吟心悲易感激俛仰淚流衿願託晨風翼束帶侍衣衾

其二

明月曜清景曨光照玄墀幽人守靜夜廻身入空帷束帶俟將朝廓落晨星稀寐假交精爽覿我佳人姿巧笑媚懽靨聯娟眸與眉寐言增長歎悽然心獨悲

其三

清風動帷簾晨月燭幽房佳人處遐遠蘭室無容
光衿懷擁虛景輕衾覆空牀居歡惜夜促在慼怨
宵長撫枕獨吟歎綿綿心內傷

其四

君居北海陽妾在江南陰懸邈脩途遠山川阻且
深承歡注隆愛結分投所欽銜恩守篤義萬里託
微心

其五

遊目四野外逍遙獨延佇蘭蕙緣清渠繁華蔭綠
渚佳人不在茲取此欲誰與巢居覺風飄穴處識

陰雨未曾遠別離安知慕儔侶

雜詩二首

其一　張華

逍遥遊春空容與緑流阿白蘋開素葉朱草茂丹華微風揺茝若層波動芰荷榮彩曜中林流馨入綺羅王孫遊不歸脩路邈以遐誰與翫遺芳佇立獨咨嗟

其二

荏苒日月運寒暑忽流易同好遊不存苕〻遠離析房櫳自來風戶庭無行迹蒹葭生牀下蛛蝥網

錫活字

四壁懷思豈不隆感物重鬱積遊鴈比翼翔歸鴻
知接翮來哉彼君子無愁徒自隔

内顧詩二首　潘岳

其一

靜居懷所歡登城望四澤春草鬱青青桑柘何奕
奕芳林振朱榮渌水激素石初征冰未泮忽焉移
絺綌漫漫三千里苕〻遠行客馳情戀朱顏寸陰
過盈尺夜愁極清晨朝悲終日夕山川信悠永願
言良弗獲引領訊歸雲沉思不可釋

其二

獨悲安所慕人生若朝露綿邈寄絕域眷戀想平素爾情既來追我心亦還顧形體隔不達精爽交中路不見山下松隆冬不易故不見陵澗柏歲寒守一度無謂希見疎在遠分彌固

○悼亡詩二首　潘岳

其一

荏苒冬春謝寒暑忽流易之子歸窮泉重壤永幽隔私懷誰克從淹留亦何益僶俛恭朝命迴心返初役望廬思其人入室想所歷幃屏無髣髴翰墨有餘迹流芳未及歇遺挂猶在壁悵恍如或存周

虛成者情至不能自至之詞最入實境

此首不及前作

遑忡驚惕如彼翰林鳥雙栖一朝隻如彼遊川魚比目中路析春風緣隟來晨霤依簷滴寢息何時忘沉憂日盈積庶幾有時衰莊缶猶可擊

其二

皎皎窓中月照我室南端清商應秋至溽暑隨節闌凜凜凉風升始覺夏衾單豈曰無重纊誰與同歲寒歲寒無與同朗月何朧朧展轉眄枕席長簟竟牀空牀空委清塵室虛來悲風獨無李氏靈彷佛覩爾容撫衿長歎息不覺涕沾胷沾胷安能已悲懷從中起寢興自存形遺音猶在耳上慙東門

吳下愧蒙莊子賦詩欲言志零落難具紀命也可柰何長戚自令鄙

王昭君辭一首并序　石崇

王明君者本爲王昭君以觸文帝諱故改匈奴盛請婚於漢元帝詔以後宮良家子明君配焉昔公主嫁烏孫令琵琶馬上作樂以慰其道路之思其送明君亦必爾也其新造之曲多哀聲故叙之於紙云爾

我本漢家子將適單于庭辭訣未及終前驅已抗

旌僕御涕流離轅馬爲悲鳴哀鬱傷五內泣淚沾珠瓔行日已遠乃造匈奴城延我於穹廬加我閼氏名殊類非所安雖貴非所榮父子見陵辱對之慙且驚殺身良未易默默以苟生苟生亦聊積何思常憤盈願假飛鴻翼棄之以遐征飛鴻不我顧佇立以屏營昔爲匣中玉今爲糞上英朝華不足歡甘爲草秋幷傳語後世人遠嫁難爲情

嬌女詩一首　　左思

吾家有嬌女皎皎頗白皙小字爲紈素口齒自清歷鬢髮覆廣額双耳似連璧明朝弄梳臺黛眉類

掃跡濃朱衍丹脣黃吻瀾漫赤嬌語若連瑣忿速
乃明㦎握筆利彤管篆刻未期益執書愛綈素誦
習矜所獲其姊字惠芳面目燦如畫輕粧喜樓邊
臨鏡忘紡績舉觶擬京兆立的成復易玩弄眉頰
閒劇兼機杼役從容好趙舞延袖像飛翮上下絃
桂際文史輒卷襞顧眄屏風畫如見已指擿丹青
日塵闇明義爲隱賾馳騖翔園林菓下皆生摘紅
葩掇紫蔕萍實驟抵擲貪華風雨中倏忽數百適
務躡霜雪戲重綦常累積并心注肴饌端坐理盤
槅翰墨戢閒按相與數離逖動爲鑪鉦屈屣履任

館活字

之適止爲荼菽據吹吁對鼎䥶脂膩漫白袖煙薰染阿錫衣被皆重地難與沈水碧任其孺子意羞受長者責瞥聞當與杖淚掩俱向壁

二卷　十五

玉臺新詠卷之二

玉臺新詠目録卷之三

玉臺新詠卷之三

擬古七首　陸機

擬西北有高樓

高樓一何峻迢迢峻而安綺窻出塵冥飛階躡雲端佳人撫琴瑟纖手清且閒芳草隨風結哀響馥若蘭玉容誰能顧傾城在一彈佇立望日昃躑躅再三歎不怨佇立久但願歌者歡思駕歸鴻羽比翼双飛翰

擬東城高且長

西山何其峻層曲鬱崔嵬零露彌天墜蕙葉憑林

衰寒暑相因襲時逝忽如遺三閭結飛轡大耋悲
落暉曷爲牵世務中心悵有違京雒多妖麗玉顔
侔瓊蕤閑夜撫鳴琴惠音清且悲長歌赴促節哀
響逐高徽一唱萬夫歎再唱梁塵飛思爲河曲鳥
双遊灃水湄

擬蘭若生春陽

嘉樹生朝陽凝霜封其條執心守時信歲寒不敢
凋美人何其曠灼灼在雲霄隆想彌年時長嘯入
風飄引領望天末譬彼向陽翹

擬迢迢牽牛星

岧岧天漢輝粲く光天步牽牛西北迴織女東南顧華容一何綺揮手如振素怨彼河無梁悲此年歲暮跂彼無良緣睆焉不得度引領望大川双涕如沾露

擬庭中有奇樹

歡交蘭時往迢迢匿音徽虞淵引絕景四節逝若飛芳草久已茂佳人竟不歸躑躅遵林渚惠風入我懷感物戀所歡採此欲貽誰

擬青青河畔草

靡靡江籬草熠く生河側皎皎彼姝女阿那當軒

織粲〻妖容姿灼灼華美色良人遊不歸偏栖獨
隻翼空房來悲風中夜起歎息

擬涉江採芙蓉

上山採瓊蘂穹谷饒芳蘭采〻不盈掬悠悠懷所
歡故鄉一何曠山川阻且難沉思鍾萬里躑躅獨
吟歎

爲顧彥先贈婦二首　陸雲

其一

辭家遠行遊悠悠三千里京洛多風塵素衣化爲
緇修身悼憂苦感念同懷子隆思亂心曲沈懽滯

不起歡沈難克興心亂誰爲理願假歸鴻翼飜飛
浙江汜

其二

東南有思歸長歎充幽闥借問歎何爲佳人眇天
末遊宦久不歸山川脩且闊形影參商乖音息曠
不達離合非有常譬彼絃與筈願保金石志慰妾
長飢渴

爲周夫人贈車騎一首　前人　周夫人

碎碎細織練當爲君作襦君行豈有顧憶君是妾
夫昔者得君書聞君在高平今時得君書聞君在

京城京城華麗鄉璀粲多異端男兒多遠志豈知
妾念君昔者與君別歲律薄將暮日月一何速素
秋墜湛露湛露何冉冉思君隨歲晚對食不能飧
臨觴不能飲

樂府三首

艷歌行

扶桑升朝輝照此高樓端高堂多艷麗洞房出清
顏淑貌耀皎日惠心清且閑美目揚玉澤蛾眉象
翠翰鮮膚一何潤秀色若可飧窈窕多容儀婉美
巧笑言暮春春服成粲粲綺與紈金雀垂藻翹瓊

珮結瑶璠方駕揚清塵濯足洛水瀾藹藹風雲會
佳人一何繁南崖充羅幕北渚盈軿軒清川含藻
景高岸被華丹馥馥芳袖揮冷泠纖指彈悲歌吐
清音雅舞播幽蘭丹唇含九秋妍迹凌七盤赴曲
迅驚鴻蹈節如集鸞綺態隨顔變沈姿無定源俯
仰紛阿那顧步咸可歡遺芳結飛飈浮景映清湍
冶容不足詠春遊良可歎

前緩聲歌

遊仙聚靈族高會曾城阿長風萬里舉慶雲鬱嵯
峨宓妃興洛浦王韓起泰華北徵瑶臺女南要湘

川娥肅蕭宵駕動翩翩翠蓋羅羽旗栖瓊鸞玉衡
吐鳴和太容揮高絃洪崖發清歌獻酬既已周輕
軒垂紫霞摠轡扶桑枝濯足湯谷波清輝溢天門
垂慶惠皇家

塘上行

江蘺生幽渚微芳不足宣被蒙風雨會移君華池
邊發藻玉臺下垂影滄浪淵沾潤既已渥結根奥
且堅四節遊不處華繁難久鮮淑氣與時殞餘芳
隨風捐天道有遷易人理無常全男歡智傾愚女
愛衰避妍不惜微軀退但歎蒼蠅前願君廣末光

照妾薄暮年

爲顧彥先贈婦往返四首　陸雲

其一

我在三川陽子居五湖陰山海一何曠譬彼飛與沉目想清惠姿耳存淑媚音獨寐多遠念寤言撫空衿彼美同懷子非爾誰爲心

其二

悠悠君行邁煢煢妾獨止山河安可踰永隔路萬里京室多妖冶粲粲都人子雅步嫋纖腰巧笑發皓齒佳麗良可羨衰賤焉足紀遠蒙眷顧言銜恩

非望始

其三

翩翩飛蓬征郁郁寒木榮遊止固殊性浮沉豈一情隆愛結在昔信誓貫三靈秉心金石固豈從時俗傾笑目逝不顧纖腰徒盈盈何用結中款仰指北辰星

其四

浮海難爲水遊林難爲觀容色貴及時朝華忘日晏皎皎彼姝子灼灼懷春粲西城善雅舞總章饒清彈鳴簧發丹唇朱絃繞素腕輕裙猶電揮雙袂

如霞散華容溢藻幄哀響入雲漢知音世所希非君誰能讃棄置北辰星聞此玄龍煥時暮勿復言華落理必賤

雜詩一首　楊方

秋夜涼風起清氣蕩暄濁蜻蜊吟堦下飛蛾拂明燭君子從遠役佳人守縈獨離居幾何時鑽燧忽改木房櫳無行跡庭草萋已緑青苔依空牆蜘蛛網四屋感好多所懷沈憂結心曲

合歡詩五首

其一

虎嘯谷風起龍躍景雲浮同聲好相應同氣自相求我情與予親譬如影追軀食共並根穗飲共連理杯衣用双絲絹寢共無縫綢居願接膝坐行願儁手趨子靖我不動子遊我無留齊彼同心鳥譬此比目魚情至斷金石膠漆未爲牢但願長無別合形作一軀生爲併身物死爲同槨灰秦氏自言至我情不可儔

其二

磁石招長針陽燧下炎煙宮商聲相和心同自相親我情與子合亦如影追身寢共織成被絮用同

功綿暑搖比翼扇寒坐併肩氊子笑我必哂子感
我無歡來與子共迹去與子同塵齊彼蛩蛩獸舉
動不相捐唯願長無別合形作一身生有同室好
死成併棺民徐氏自言至我情不可陳

其三

獨坐空室中愁有數千端悲響答愁歎哀涕應苦
言彷徨四顧望白日入西山不覩佳人來但見飛
鳥還飛鳥亦何樂夕宿自作群

其四

飛黃銜長轡翼翼回輕輪俯涉淥水澗仰過九層

山脩途曲且險秋草生兩邊黄華如沓金白華如散銀青敷羅翠采絳葩象赤雲爰有承露枝紫榮合素芬扶疎垂清藻布翹芳且鮮目爲艷彩迴心爲奇色旋撫心悼孤客俯仰還自憐踟躕向壁歎攬筆作此文

其五

南林有奇樹承春挺素華豐翹被長條綠葉蔽朱柯因風吐徽音芳氣入紫霞我心羡此木願徙着余家夕得遊其下朝得弄其葩爾根深且堅余宅淺且洿移植無良期歎息將如何

七夕觀織女詩一首　　王鑒

牽牛悲殊館織女怨離家一稔期一宵此期良可嘉赫奕玄門開飛閣鬱嵯峨隱隱驅千乘闐闐越星河六龍奮瑤轡文螭負瓊車火丹乘瑰燭素女執瓊華絳旗若吐電朱蓋如振霞雲韶何嘈嗷靈鼓鳴相和亭軒佇高眄眷予在岌峨澤因芳露沾恩附蘭風加明發相從遊翩翩鸞鷟羅同遊不同觀念子憂怨多敬因三祝末以爾屬皇娥

嘲友人一首　　李充

同好齊歡愛纏緜一何深子既識我情我亦知子

心嬿婉歷年歲和樂如瑟琴良辰不我俱中闊似
商參爾隔北山陽我分南川陰嘉會罔克從積思
安可任目想妍麗姿耳存清媚音脩晝興永念遙
夜獨悲吟逝將尋行役言別涕沾襟願爾降玉趾
一顧重千金

夜聽擣衣一首　曹毗

寒興御紈素佳人理衣衾冬夜清且永皓月照堂
陰纖手疊輕素朗杵叩鳴砧清風流繁節迴飈灑
微吟嗟此往運速悼彼幽滯心二物感余懷豈但
聲與音

擬古詩一首　陶潛

日暮天無雲春風扇微和佳人美清夜達曙酣且歌歌竟長歎息持此感人多明明雲間月灼灼葉中花豈無一時好不久當如何

樂府詩二首　荀昶

擬相逢狹路間

朝發邯鄲邑暮宿井陘間井陘一何狹車馬不得旋邂逅相逢値崎嶇交一言一言不容多伏軾問君家君家誠難知難知復易博南面平原居北趣相如閣飛樓臨夕都通門枕華郭入門無所見但

見雙栖鶴栖鶴數十双鴛鴦群相追大兄珥金璫中兄振纓緌伏臘一來歸鄰里生光輝小弟無所作鬬雞東陌逵大婦織紈綺中婦縫羅衣小婦無所作挾瑟弄音徽丈人且却坐梁塵將欲飛

擬青青河邊草

熒熒山上火迢迢隔隴左隴左不可至精爽通寤寐寤寐衾幃同忽覺在他邦他邦各異邑相遂不相及迷墟在望烟木落知冰堅升朝各自進誰肯相攀牽客從北方來遺我端弋綈命僕開弋綈中有隱起珪長跪讀隱珪辭苦聲亦悽上言各努力

下言長相懷

雜詩二首

其一　　王微

桑妾獨何懷傾筐未盈把自言悲苦多排却不肯
捨妾悲四陳訴塡憂不銷冶寒鴈歸所從半塗失
遐假壯情忭驅馳猛氣捍朝社常懷雪漢慙常欲
復周雅重名好銘勒輕軀願圖寫萬里度沙漠懸
師蹈朔野傳聞兵失利不見來歸者奚處埋旍麾
何處喪車馬拊心悼恭人零淚覆面下徒謂久別
離不見長孤寡寂寂捹高門寥寥空廣厦待君竟

不歸收顔今就價

其二

思婦臨高臺長想憑華軒弄絃不成曲哀歌若送
言箕帚留江介良人處鴈門詎憶無夜苦但和狐
白温日暗牛羊下野雀滿空園孟冬寒風起東壁
正中昏朱火獨照人抱景自愁怨誰知心曲亂所
思不可論

雜詩三首　宋　謝惠連

七月七日詠牛女

落日隱櫩楹升月照房櫳團團滿葉露淅淅振條

風蹀足循廣塗瞬目曬層穹雲漢有靈匹彌年闕
相從遐川阻暱愛脩渚曠清容弄杼不成釆聳轡
驚前蹤昔離秋已兩今聚夕無雙傾河易廻幹欵
顔難久悰沃若靈駕旋寂寥雲幄空留情顧華寢
遥心遂奔龍沈吟爲爾感情深意彌重

擣衣

衡紀無淹度晷運倏如催白露滋園菊秋風落庭
槐肅肅莎雞羽烈烈寒螿啼夕陰結空幙宵月皓
中閨美人戒常服端飾相招携簪玉出北方鳴金
步南階欄高砧響發楹長杵聲哀微芳起兩袖輕

汗染双題紈素既已成君子行未歸裁用笥中刀縫爲萬里衣盈篋自予手幽緘俟君開腰帶準疇昔不知今是非

代古

客從遠方來贈我鵠文綾貯以相思篋緘以同心繩裁爲親身服着以俱寢興別來經年歲歡心不可凌寫酒置井中誰能辯斗升合如杯中水誰能判淄澠

代行行重行行　宋　劉鑠

眇眇凌長道遥遥行遠之迴車背京邑揮手從此

辭堂上流塵生庭中綠草滋寒螿翔水曲秋兔依
山基芳年有華月佳人無還期日夕凉風起對酒
長相思悲發江南調憂委子衿詩臥看明燈晦坐
見輕紈緇淚容不可飾幽鏡難復持願垂薄暮景
照妾桑榆時

代明月何皎皎

落宿半遥城浮雲藹曾闕玉宇來清風羅帳延秋
月結思想伊人沉憂懷明發誰謂行客遊屢見芳
流歇河廣川無梁山高路難越

代孟冬寒氣至

白露秋風始秋風明月初明月照高樓白露皎玄
除迢及涼風起行見寒林疎客從遠方至贈我千
里書先叙懷舊愛末陳夕離居一章意不盡三復
情有餘願遂平生志無使甘言虚

代青青河邊草

凄凄含露臺肅肅迎風舘思女御櫺軒哀心徹雲
漢端撫悲絃泣獨對明燈嘆良人久徭役耿分終
昏旦楚楚秋水歌依依授菱彈

詠牛女

秋動清氛扇火移炎氣歇廣欄含夜陰高軒通夕

月安步巡芳林傾望極雲闕組幕縈漢陳龍駕淩霄發誰云長河遥頗覺促筵悅沉情未申寫飛光已飄忽來對眇難期今歡自兹没

玉臺新詠卷之三

玉臺新詠目錄卷之四

雜詩十二首　謝朓

子山王孺中妾歌　陸厥

雜詩一首　施榮泰

七夕月下　王僧達

遠山斂雰祲，廣庭揚月波。氣往風集隟，秋還露泫柯。節期既已孱，中宵振綺羅。來懽詎終夕，收淚泣分河。

爲織女贈牽牛　宋顏延之

婺女儷經星，姮娥棲飛月。慙無二媛靈，託身侍天闕。閶闔殊未輝，咸池豈沐髮。漢陰不夕張，長河爲誰越。雖有促讌期，方須涼風發。虛計双曜周，空遲三星没。非怨杼軸勞，但念芳菲歇。

秋胡

椅梧傾高鳳寒谷待鳴律影響豈不懷自遠每相
匹婉彼幽閑女作嬪君子室峻節貫秋霜明艷侔
朝日嘉運既我從欣願自此畢
燕居未及歡良人顧有違脫巾千里外結綬登王
畿戒徒在昧旦左右來相依驅車出郊郭行路正
倭遲存爲久離別沒爲長不歸
嗟余怨行役三陟窮晨暮嚴駕越風寒解鞍犯霜
露原隰多悲凉迴飇卷高樹離獸起荒蹊驚鳥縱
横去悲哉遊宦子勞此山川路
迢遥行人遠婉轉年運徂良時爲此別日月方向

除歎知寒暑積偪俛見榮枯歲暮臨空房涼風起
坐隅寢興日已寒白露生庭蕪
勤役從歸願反路遵山河昔辭秋未素今也歲載
華蚕月歡時暇桑野多經過佳人從所務窈窕援
高柯傾城誰不顧弭節停中阿
年往誠思勞事遠闊音形雖爲五載別相與昧平
生捨車遵往路鳧藻馳目成南金豈不重聊自意
所輕義心多苦調密比金玉聲
高節難久淹朅來空復辭遲遲前途盡依依造門
基上堂拜嘉慶入室問何之日暮行採歸物色桑

榆時美人望昏至慙嘆前相持
有懷誰能已聊用申苦難離居殊年歲一別阻河
關春來無時豫秋至應早寒明發動愁心閨中起
長歎慘悽歲方晏落日遊子顏
高張生絕絃聲急由調起自昔枉光塵結言固終
如始何久為別百行愆諸己君子失時義誰與偕
沒齒愧彼行路詩甘之長川汜

翫月城西門解中　　宋　鮑照

始見西南樓纖纖如玉鉤末映東北墀娟娟似蛾
眉蛾眉蔽珠櫳玉鉤隔綺窓三五二八時千里與

君同夜移衡漢落徘徊帷幌中歸華先委露別葉
早辭風客遊厭辛苦仕子倦飄塵沐瀚自公日宴
慰及私辰蜀琴抽白雪郢曲繞陽春肴乾酒未缺
金壺啓夕輪迴軒駐輕蓋留酌待情人

代京雒篇

鳳樓十二重四戶八綺窗繡桷金蓮花桂柱玉盤
龍珠簾無隔露羅幌不勝風寶帳三千所爲爾一
朝容揚芬紫烟上垂綵綠雲中春吹迴白日霜歌
落塞鴻但懼秋塵起盛愛逐衰蓬坐視青苔滿臥
對錦筵空琴瑟縱橫散舞衣不復縫古來皆歇薄

君意豈獨濃唯見雙黃鵠千里一相從

擬樂府白頭吟

直如朱絲繩清如玉壺冰何慙宿昔意猜恨坐相
仍人情賤恩舊世義逐衰興毫髮一爲瑕丘山不
可勝食苗實碩鼠點白信蒼蠅鳧鵠遠成美薪芻
前見凌申黜褒女進班去信姬昇周王日淪惑漢
帝益嗟稱心賞猶難恃貌恭豈易憑古來共如此
非君獨撫膺

採桑詩

季春梅始落女工事蚕作採桑淇洧間還戲上宮

閣早蒲時結陰晚篁初解籜藹藹霧滿閨融〻景
盈幕乳燕逐草虫巢蜂拾花蕚是節最暄妍佳服
又新爍欽歎對迴塗陽歌弄場藿抽琴試佇思薦
珮杲誠託承君郢中美服義久心諾衛風古愉艷
鄭俗舊浮薄虛願悲渡湘空賦笑瀝洛盛明難重
末淵意為誰涸君其且調絃桂酒妾行酌

夢還詩

銜淚出郭門撫劍無人逵沙風闇塞起離心眷鄉
畿夜分就孤枕夢想暫言歸孀婦當戶歎繅絲復
鳴機慊欵論久別相將還綺幃靡靡簷下涼朧朧

窓裏暉刈蘭爭芬芳採菊競葳蕤開奩集香蘇探
袖解纓徽綵中長路近覺後大江達驚起空歎息
恍惚神魂飛白水漫浩浩高山壯巍巍波潮異往
復風雲改榮衰此土非吾土慷慨當訴誰

擬古

河畔草未黄胡鷹已矯翼秋虫挾戸吟寒婦晨夜
織去歳征人還流傳舊相識聞君上隴時東望久
歎息宿昔改衣帶旦暮異容色念此憂如何夜長
愁更多明鏡塵匣中實琴生網羅

詠双燕

双燕戲雲崖羽翮始差池出入南閨裏經過北堂
垂意欲巢君幕層楹不可窺沉吟芳歲晩徘徊韶
景移悲歌辭舊愛銜泥覓新知

贈故人馬子喬

寒灰滅更然夕華晨更鮮春冰雖暫解冬冰還復
堅佳人捨我去賞愛長絶緣歡至不留時每念輒
傷年
双劍將別離先在匣中鳴煙雨交將夕從此遂分
形雌沉吳江水雄飛入楚城吳江深無底楚闕有
崇扃一爲天地別豈直限幽明神物終不隔千祀

儻還弃

學阮步兵體　王素

沉情發遐慮紆鬱懷所思髣髴聞簫管鳴鳳接嬴
姬聯綿共雲翼嬿婉相携持寄言芳華士寵利不
常期涇渭分清濁視彼國風詩

飛來双白鵠　吳邁遠

可憐双白鵠雙〻絶塵氛連翩弄光景交頸遊青
雲逢羅復逢繳雌雄一旦分哀聲流海曲孤叫出
江濆豈不慕前侶爲爾不及群步步一零淚千里
猶待君樂哉新相知悲矣生別離持此百年命共

逐寸陰移譬如空山草零落心自知

陽春曲

百里望咸陽知是帝京邑綠樹搖雲光春城起風色佳人愛景華流靡園塘側妍姿艷月映羅衣飄蟬翼宋玉歌陽春巴人長歎息雅鄭不同賞那令君愴惻生平重愛惠私自憐何極

長別離

生離不可聞況復長相思如何與君別當我盛年時蕙花每搖蕩妾心空自持榮乏草木歡悴極霜露悲富貴身難老貧賤顏易衰持此斷君腸君亦

宜自疑淮陰有逸將拆羽謝翻飛楚亦扛鼎士出門不得歸正爲隆準公杖劒入紫微君才定何如白日下爭暉

長相思

晨有行路客依依造門端人馬風塵色知從河塞還時我有同栖結宦遊邯鄲將不異客子分飢復共寒煩君尺帛書寸心從此殫道妾長憔悴豈復歌笑顏簷隱千霜樹庭枯十載蘭經春不舉袖秋落寧復看一見願道意君門已九關虞卿棄相印檐簦爲同歡閨陰欲早霜何事空盤桓

擬青青河畔草　鮑令暉

褭〻臨窗竹藹〻垂門桐灼〻青軒女泠〻高堂中明志逸秋霜玉顔掩春紅人生誰不别恨君早從戎鳴絃慙夜月紺黛羞春風

擬客從遠方來

客從遠方來贈我漆鳴琴木有相思文絃有别離音終身執此調歲寒不改心願作陽春曲宮商長相尋

題書後寄行人

自君之出矣臨軒不解顔砧杵夜不發高門晝常

關帳中流熠燿庭前華紫蘭楊枯識節異鴻來知
客寒遊月暮冬盡除春待君還

古意贈今人

寒鄉無異服氈褐代文練月月望君歸年年不解
縫荊揚春早和幽冀猶霜霰北寒妾已知南心君
不見誰爲道辛苦寄情双飛燕形迫杼煎絲顏落
風催電容華一朝改唯餘心不變

代葛沙門妻郭小玉詩二首

其一

明月何皎皎垂幌照羅茵若共相思夜知同憂怨

晨芳華豈矜貌霜露不憐人君非青雲逝飄迹事
咸秦妾持一生淚經秋復度春

其二

君子將徭役遺我雙題錦臨當欲去時復留相思
枕題用常著心枕以憶同寢行行日已遠轉覺思
彌甚

詠七寶扇　丘巨源

妙縞貴東夏巧媛出吳閶裁狀白玉璧縫似明月
輪表裏鏤七寶中銜駭雞珍畫作景山樹圖爲河
洛神來延揮握玩入與鐶釧親生風長袖際晞華

紅粉津拂眄迎嬌意隱映含歌人時移務忘故節
改競存新卷情隨象簟舒心謝錦茵厭歇何足道
敬哉先後晨

聽隣妓

披衽之遊術遇軾寡文才蓬門長自寂虛席視生
埃貴里臨倡館東隣歌吹臺雲間嬌響徹風未艷
聲來飛華瑶翠幄揚芬金碧杯久絶中州美從念
尸鄉灰遺情悲近世中山安在哉

古意　　元長王氏

遊禽暮知返行人獨不歸坐銷芳草氣空度明月

輝嚬容入朝鏡思涙點春衣巫山綵雲没淇上綠
楊稀待君竟不至秋鴈双双飛
霜氣下孟津秋風度函谷念君凄己寒當軒卷羅
縠織手廢裁縫曲鬢罷膏沐千里不相聞寸心鬱
氛氳況復飛螢夜水葉乱紛紛

詠琵琶

抱月如可明懷風殊復清絲中傳意緒花裏寄春
情掩抑有奇態悽鏘多好聲芳袖幸時拂龍門空
自生

詠幔

深情深態言外可思

幸得與珠綴羃歷君之楹月映不辭卷風來輙自
輕毋聚金鑪氣時駐玉琴聲但願置尊酒蘭缸當
夜明

巫山高

響像巫山高薄暮陽臺曲烟霞乍舒卷蘅芳自斷
續彼美如可期寤言紛在屬撫然坐相思秋風下
庭綠

贈王主簿二首　謝朓

日落窻中坐紅粧好顏色舞衣襞未縫流黃覆不
織蜻蛉草際飛遊蜂花上食一遇長思相顧寄連

翩翼清吹要碧玉調絃命綠珠輕歌急綺帶含笑解羅襦餘曲詎幾許高駕且踟躕徘徊憐暮景唯有洛城隅

同王主簿怨情

掖庭娉絕國長門失歡讌相逢詠蘼蕪辭寵悲團扇花叢亂數蝶風簾入双燕徒使春帶賒坐惜紅顏變平生一顧重夙昔千金賤故人心尚爾故心人不見

夜聽妓

璣閨釧響聞瑤席芳塵滿要取洛陽人共命江南
管情多舞態遲意傾歌弄緩知君密見親寸心傳
玉鋺
上客光四座佳麗直千金掛釵報纓絕墮珥答琴
心蛾眉已共笑清香復入衿歡樂夜方靜翠帳垂
沉沉

詠邯鄲故才人嫁爲廝養卒婦
生平宮閣裏出入侍丹墀開笥方羅縠窺鏡比蛾
眉初別意未解去久日生悲顦顇不自識嬌羞餘
故姿夢中忽髣髴猶言承讌私

秋夜

秋夜促織鳴南隣擣衣急思君隔九重夜夜空佇
立北窓輕幔垂西戶月光入何知白露下坐視前
階濕誰能長分居秋盡冬復及

雜詩五首

燈

發翠斜漢裏蓄寶宕山峯抽莖類仙掌銜光似燭
龍飛蛾再三繞輕花四五重孤對相思夕空照舞
衣縫

燭

杏梁賓未散桂宮明欲沈曖色輕帷裏低光照寶琴徘徊雲髻影灼爍綺踈金恨君秋月夜遺我洞房陰

席

本生朝夕池落景照參差汀洲蔽杜若幽渚奪江蘺遇君時採擷玉座奉金巵但願羅衣拂無使素塵彌

鏡臺

玲瓏類丹檻苕亭似玄闕對鳳懸清冰垂龍挂明月照粉拂紅粧插花理雲髮玉顏徒自見常畏君

情歌

落梅

新葉初苒苒初蘂新霏霏逢君後園讌相隨巧笑歸親勞君王指擿以贈南威用持插雲髻翡翠比光暉日暮長零落君思不可追

中山王孺子妾歌　陸厥

如姬寢臥内班妾坐同車洪波陪飲帳林光宴春餘歲暮寒飈及秋水落芙蕖子瑕矯後駕安陵泣前魚賤妾終已矣君子定焉如

雜詩　施榮泰

趙女脩麗姿燕姬正容飾粧成桃毀紅黛起草慙
色羅裙數十重猶輕一蟬翼不言縠袖軟專歎風
多力鏘珮玉池邊弄笑銀臺側折柳貽目成採蒲
贈心識來時嬌未盡還去媚何極

玉臺新詠卷之四

玉臺新詠目錄卷之五

何遜一　一十首

王樞　三首

庾丹　二首

玉臺新詠卷之五

古體　江淹

遠與君别者乃至鴈門關黄雲蔽千里遊子何時還送君如昨日簷前露已團不惜蕙草晚所悲道里寒君行在天涯妾心久别離願一見顔色不異瓊樹枝兔絲及水萍所寄終不移

班婕妤扇

紈扇如團月出自機中素畫作秦王女乘鸞向煙霧彩色世所重雖新不代故竊悲涼風至吹我玉堦樹君子恩未畢零落在中路

張司空離情　華

秋月映簾櫳懸光入丹墀佳人撫鳴琴清夜守空帷蘭徑少行迹玉臺生網絲庭樹發紅彩閨草含碧滋羅綺爲君整萬里贈所思願垂湛露惠信我皎日期

休上人怨別　惠休

西北秋風至楚客心悠哉日暮碧雲合佳人殊未來露彩方泛艷月華始徘徊寶書爲君掩瑶琴詎能開相思巫山渚悵望陽雲臺金鑪絕沈燎綺席徧浮埃桂水日千里因之平生懷

敬酬柳僕射征怨　　丘遲

清歌自言妍雅舞空仙仙耳中解明月頭上落金鈿雀飛且近遠暮入綺羅前魚戲雖南北終還荷葉邊惟見君行久新年非故年

荅徐侍中爲人贈婦

丈夫吐然諾受命本遺家糟糠且棄置蓬首亂如麻側聞洛陽客金蓋翼高車謁帝時來下光景不可奢幽房一洞啓二八盡芳華羅裾有長短翠鬢無低斜長眉橫玉臉皓腕卷輕紗俱看依井蝶共取落簷花何言征戍苦抱脉空咨嗟

登高望春　沈約

登高眺京洛，街巷紛漠漠迴首望長安城闕鬱盤桓日出照鈿黛風過動羅紈齊童躡朱履趙女揚翠翰春風搖雜樹葳蕤綠且丹寶瑟玫瑰柱金羈玳瑁鞍淹留宿下蔡置酒過上蘭解眉還復斂方知巧笑難佳期空靡靡含睇未成歡嘉客不可見因君寄長歎

昭君辭

朝發披香殿夕濟汾陰河於茲懷九逝自此斂双蛾沾粧疑湛露繞臆狀流波日見奔沙起稍覺轉

蓬多胡風犯肌骨非直傷綺羅銜涕強南望關山
鬱嵯峨試作陽春曲終成苦寒歌唯有三五夜明
月暫經過

少年新婚爲之詠

山陰柳家女薄言出田墅丰容好姿顔便僻巧言
語腰肢既軟弱衣服亦華楚紅輪映早寒畫扇迎
初暑錦履並花紋繡帶同心苣羅襦金薄廁雲鬟
花釵舉我情已鬱紆何用表崎嶇託意眉間黛申
心口上朱莫爭三春價坐喪千金軀盈尺青銅鏡
九寸合浦珠無因達往意欲寄雙飛鳧裾開見玉

趾衫薄映凝膚羞言趙飛燕笑殺秦羅敷自顧雖
悴薄冠蓋矅城隅高門列騶駕廣路從驪駒何慚
鹿盧劒詎減府中趨還家問鄉里詎堪持作夫

携手曲

捨轡下彫輅更衣奉玉牀斜簪映秋水開鏡比春
粧所畏紅顏促君恩不可長雞冠且容裔豈忝桂
枝亡

有所思

西征登隴首東望不見家關樹抽紫葉塞草發青
芽昆明池欲滿蒲萄應作花流淚對漢使因書寄

斜狹

夜夜曲

河漢縱且橫北斗橫復直星漢空如此寧知心有憶孤燈曖不明寒機曉猶織零淚向誰道雞鳴徒歎息

詠春

楊柳亂如絲綺羅不自持春草青復綠客心傷此時翠苔已結洧碧水復盈淇日華照趙瑟風色動燕姬衿前萬行淚故是一相思

詠桃

風來吹葉動風去畏花傷紅映已照灼況復含日
光歌童暫理曲游女夜縫裳詎減當春淚能斷思
人腸

詠月

月華臨靜夜夜靜滅氛埃方暉竟戶入圓影隙中
來高樓切思婦西園游上才網軒映珠綴應門照
綠苔洞房殊未曉清光信悠哉

詠篪

江南簫管地妙響發孫枝慇懃寄玉指含情舉復
垂彫梁再三繞輕塵四五移曲中有深意丹誠君

如何消得起

詎知

六憶詩四首　三言五言

憶來時灼灼上堦墀勤勤敘別離慊慊道相思相看常不足相見乃忘飢

憶坐時黯黯羅帳前或歌四五曲或弄兩三絃笑時應無比嗔時更可憐

憶食時臨盤動容色欲坐復羞坐欲食復羞食含哺不如飢擎甌似無力

憶眠時人眠彊未眠解羅不待勸就枕更須牽復恐傍人見嬌羞在燭前

領邊繡

纖手製新奇刺作可憐儀縈絲飛鳳子結縷坐花兒不聲如動吹無風自褭枝麗色儻未歇聊承雲鬢垂

脚下履

丹墀上颯沓玉殿下趨鏘逆轉珠珮響先表繡袿香裾開臨舞席袖拂繞歌堂所歎亡懷妾見委入羅牀

擬青青河邊草

漠漠牀上塵中心憶故人故人不肯憶中夜長歎

息歎息想容儀不欲長別離別離稍已久空牀寄
杯酒

擬三婦

大婦掃玉墀中婦結羅幃小婦獨無事對鏡畫娥
眉良人且安臥夜長方自私

古意

挾瑟叢臺下徙倚愛容光佇立日已暮戚戚苦人
腸露葵已堪摘湛水未沾裳錦衾無獨暖羅衣空
自香明月雖外照寧知心內傷

夢見美人

夜聞長歎息知君心有憶果自閶闔開魂交覩容色旣薦巫山枕又奉齊眉食立望復橫陳忽覺非在側那知神傷者潺湲淚沾臆

效古

可憐桂樹枝單雄憶故雌歲暮異栖宿春至猶別離山河隔長路路遠絕容儀豈云無我匹寸心終不移

初春

挾道覔陽春佳人共携手草色猶自非林中都未有無事逐梅花空中信楊柳且復共歸來含情寄

杯酒

悼往

去秋三五月今秋還照房今春蘭蕙草來春復吐芳悲哉人道異一謝永銷亡屛筵空有設帷席更施張遊塵掩虛座孤帳覆空牀萬事無不盡徒令存者傷

擣衣詩

孤衾紛思緒獨枕愴憂端深庭秋草綠高門白露寒思君起清夜促柱奏幽蘭不怨飛蓬苦徒傷蕙草殘

行役滯風波游人淹不歸亭皐木葉下壠首秋雲
飛寒園夕鳥集思牖草虫悲嗟矣當春服安見禦
冬衣
鶴鳴勞永歎採菉傷時暮念君方遠徭望妾理紈
素秋風吹綠潭明月懸高樹佳人飾淨容招携從
所務
步欄杳不極離堂肅已扃軒高夕杵散氣爽夜碪
鳴瑶草隨步響幽蘭逐袂生踟躕理金翠容與納
宵清
泛艶廻煙綵淵旋龜鶴文凄凄合歡袖冉冉蘭麝

芬不怨杼軸苦所悲千里分垂泣送行李傾首遲
歸雲

鼓吹曲二首

獨不見

別島望風臺天淵臨水殿芳草生未積春花落如
霰出從張公子還過趙飛燕奉帚長信宮誰知獨
不見

度關山

少長倡家女出入燕南垂唯持德自美本以容見
知舊聞關山遠何事揔金覊妾心日已亂秋風鳴

鄙吝字

細枝

雜詩

雲輕暮色轉草綠晨芳歸山墟罷寒晦園澤潤朝暉春心多感動覩物情復悲自君之去矣蘭堂罷鳴機徒知游宦是不念別離非

長門怨

玉戶夜愔愔應門重且深秋風動桂樹流月搖輕陰綺簷清露滴網戶思虫吟歎息下蘭閣含愁奏雅琴何由鳴曉佩復得抱宵衾無復金屋念豈照長門心

江南曲

汀洲採白蘋日暖江南春洞庭有歸客瀟湘逢故
人故人何不返春華復將晚不道新知樂秖言行
路遠

起夜來

城南斷車騎閣道覆清埃露華光翠網月影入蘭
臺洞房且莫掩應門或復開颯颯秋桂響非君起
夜來

七夕穿針

代馬秋不歸緇紈無復緒迎寒理夜縫映月抽纖

縷的皪愁睇光連娟思眉聚清露下羅衣三風吹
玉柱流陰稍已多餘光欲難取

詠席

照日汀洲際搖風綠潭側雖無獨璽輕幸有青袍
色羅袖少輕塵象牀多麗飾願君蘭夜飲佳人時
宴息

詠歌姬　江洪

寶鑷間珠花分明靚粧點薄鬢約微黃輕紅澹鉛
臉發言芳已馳復加蘭蕙染浮聲易傷歎沈唱安
而險孤轉忽徘徊雙蛾乍舒斂不持全示人半用

輕紗掩

舞女

腰纖蔑楚媛體輕非趙姬映襟闐寶粟緣肘挂珠
絲發袖已成態動足復含姿斜睛若不眄當轉復
遲疑何慙雲鶴起詎減鳳鸞時

詠紅牋

雜彩何足奇惟紅偏作可灼爍類蕖開輕明似霞
破鏤質卷芳脂裁花承百和且傳別離心復是相
思裏不值情牽人豈識風流座

詠薔薇

當戶種薔薇枝葉太葳蕤不摇香已亂無風花自
飛春閨不能靜開匣理明妃曲池浮采采斜岸列
依依或聞好音度時見銜泥歸且對清觴湛其餘
任是非

詠鏡　高爽

初上鳳皇墀此鏡照蛾眉言照長相守不照長相
思虛心會不採貞明空自欺無言故此物更復照

詠畫扇　鮑子卿

新期

新絲本自輕弱綵何足眄直爲發紅顔謬成握中

扇作奉長門泣時承柏梁宴恩粧開已歌掩容隱
而見但畫双黃鵠莫作孤飛燕

詠玉階

玉階已夸麗復得臨紫微北戶接翠幄南路抵金
扉重疊通日影參差藏月輝輕苔染珠履微瀲拂
羅衣獨笑崑山曲空見青鳧飛

學謝體　何子朗

桂臺清露拂銅陛落花沾美人紅粧羅攀鉤捲細
簾思君暫促柱玉指何纖纖未應爲此別無故坐
相嫌

和虞記室騰古意

美人弄白日灼灼當春牖清鏡對蛾眉新花映玉手燕下拾池泥風來吹細柳君子何時歸與我酌樽酒

和繆郎視月

清夜未亡疲細簾聊可發泠泠玉潭水映我蛾眉月靡靡露方垂輝〻光稍没佳人復千里餘影徒揮忽

詠歩揺花　范靖婦

珠華縈翡翠寳葉間金瓊剪荷不似製爲花如自

生低枝拂繡領微步動瑤玦但令雲鬢插蛾眉本易成

戲繡娘

明珠翠羽帳金薄緑綃帷因風時蹔舉想象見芳姿清晨插步摇向晚解羅衣託意風流子佳情詎可私

詠五彩竹火籠

可憐潤霜質纖剖復豪分織作迴風苣製爲縈綺文含芳出珠被曜彩接緗裙徒嗟今麗飾豈念昔淩雲

詠燈

綺筵日已暮羅幃月未歸開花散鵠采含光出九微風軒動丹焰冰宇澹清暉不畏輕蛾繞唯恐曉蠅飛

日夕望江贈魚司馬　何遜

湓城帶湓水湓水縈如帶日夕望高城耿耿青雲外城中多宴賞絲竹常繁會管聲已流悅絃聲復淒切歌黛慘如愁舞腰疑欲絕仲秋黃葉下長風正騷屑早鴈出雲飛故燕辭簷別晝悲在異縣夜夢還洛汭洛汭何悠悠起望登西樓的的帆向浦

團團日隱洲誰能一羽化輕舉逐飛浮

擬輕薄篇

城東美少年重身輕萬億柘彈隨珠丸白馬黃金勒長安九逵上青槐蔭道植轂擊晨已喧肩排暝不息走狗通西望牽牛亘南直相期百戲傍去來三市側象牀沓繡被玉盤傳綺食大婦掩扇歌小婦開簾織相看獨隱笑見人還斂色黃鶴悲故群山枝詠初識鳥飛過客盡雀聚行龍匿酌羽方猒猒此時歡未極

詠照鏡

珠簾旦初捲綺羅朝未織玉匣開鑒形寶臺臨淨
鏡對影獨含笑看花空轉側聊爲出壐眉試染桃
天色羽釵如可間金鈿畏相逼蕩子行未歸啼粧
坐沾臆

閨怨

曉河沒高棟斜月半空庭窓中度落葉簾外隔飛
螢含情下翠帳掩涕閉金屏昔期今未反春草寒
復青思君無轉易何異北辰星

詠七夕

仙車駐七襄鳳駕出天潢月照九微火風吹百和

香來歡暫巧笑還淚已啼粧依稀猶洛汭侯忽似
高唐別離不得見河漢漸湯湯

詠舞

管清羅薦合絃驚雪袖遲逐唱迴纖手聽曲轉蛾
眉凝情盼墮珥微睇託含辭日暮留嘉客相看愛
此時

看新婦

霧夕蓮出水霞朝日照梁何如花燭夜輕扇掩紅
粧良人復灼灼席上自生光所悲高駕動環珮出
長廊

詠倡家

皎皎高樓暮華燭帳前明羅帷雀釵影寶瑟鳳雛聲夜光枝上發新月霧中生誰念當窗牖相望獨盈盈

詠白鷗嘲別者

可憐雙白鷗朝夕水上浮何言異栖息雌住雄不留孤飛出嶼浦獨宿下滄洲東西從此去影響絕無由

學青青河邊草

春園日應好折花望遠道秋夜苦復長抱枕向空

牀吹樓下促節不言於此別歌筵掩團扇何時一
相見絃絕猶依軫葉落裁下枝即此雖云別方我
未成離

嘲劉諮議孝綽

房櫳滅夜火窓戶映朝光妖女褰幃出蹀躞初下
牀雀釵橫曉鬢蛾眉艷宿粧稍聞玉釧遠猶憐翠
被香寧知早朝客差池已鴈行

古意應蕭信武歌　王樞

朝取飢蠶食夜縫千里衣復聞南陌上日暮採蓮
歸青苔覆寒井紅藥間青薇人生樂自極良時徒

見達何由及新燕双双還共飛

至烏林村見採桑者因有贈

遥見提筐下翩妍實端妙將去復回身欲語先爲笑闇中初別離不許覓新知空結茱萸帶敢報木蘭枝

徐尚書座賦得阿憐

紅蓮披早露玉貌映朝霞飛燕啼粧罷顧步插餘花溘匝金鈿滿參差繡領斜暮還垂瑶帳香燈照九華

秋閨有望　庾丹

耿耿橫天漢飄飄出岫雲月斜樹倒影風至水迴文已泣機中婦復悲堂君上羅襦曉長襞翠被夜徒薰空汲銀牀井誰逢金縷裙所思竟不至持酒清夜分

夜夢還家

歸飛夢所憶共子汲寒漿銅瓶素絲綆綺井白銀牀雀出丰茸樹虫飛玳瑁梁離人不相見爭忍對春光

潘岳黄門述哀

青春速天機素秋馳白日美人歸重泉悽愴無終

畢殯宮已肅清松柏轉蕭索俯仰未能弭尋念非
但一拊衿悼寂寞恍然若有失明月入綺窗髣髴
想蕙質消憂非萱草永懷寄夢寐夢寐復冥冥何
由覿爾形我慙北海術爾無帝女靈顧言出遠山
徘徊泣松銘雨絕無還雲華落豈留英日月方代
序寢興何時平

玉臺新詠卷之五

玉臺新詠目録卷之六

玉臺新詠卷第六

古意

匈奴數欲盡僕在玉門關蓮花穿劍鍔秋月掩刀環春機鳴窈窕夏鳥思綿蠻中人坐相望狂夫終未還

採桑

賤妾思不堪採桑渭城南帶減連枝繡髮亂鳳皇簪花舞依長薄蛾飛愛綠潭無由報君信流涕向春蠶

梅花落

終冬十二月寒風西北吹獨有梅花落飄蕩不依枝流連逐霜彩散漫下冰澌何當與君日共映芙蓉池

與柳惲相贈答六首

黃鸝飛上苑綠芷出河洲日映昆明水春生乾鵲樓飄颺白花舞瀾漫紫萍流書織迴文錦無因寄隴頭思君甚瓊樹不見方離憂

鳴鞭適大阿聯翩渡漳滴燕姬及趙女挾瑟夜經過纖腰曳廣袖半額畫長蛾客本倦游者箕帚在江沱故人不可棄新知空復何

離君苦無樂回暮心悽悽要途訪趙使聞君仕執
珪杜蘅色已發菖蒲葉未齊冪歷蠶餌罷差池燕
吐泥願逐東風去飄蕩至遼西
白日隱城樓勁風掃寒木離杼隔東西執手異涼
燠相思咽不言洞房清且肅歲去甚流烟時來如
轉軸別鶴千里飛孤雌夜未宿
閨房宿已靜落月有餘輝寒虫隱壁思秋蛾繞燭
飛絕雲斷更合離鴻去復歸佳人今何在迢遞江
之沂一爲別鶴棄千里淚沾衣
秋雲靜晚天寒夜方綿綿聞君吹急管相思雜採

蓮別離未幾日高月三成弦蹀躞黄河浪嘶昌隴頭蟬寄書蘼蕪葉插着叢臺邊

擬古四首

陌上桑

嫋嫋陌上桑蔭陌復垂塘長條映白日細葉隱鸝黄蠶飢妾復思拭淚且提筐故人寧知此離恨煎人腸

秦王卷衣

咸陽春草芳秦帝卷衣裳玉檢茱萸匣金泥蘇合香初芳薰複帳餘輝曜玉堂當須宴朝罷持此贈

華陽

採蓮

錦帶雜花鈿羅衣垂綠川問子今何去出採江南蓮遼西三千里欲寄無因緣願君早旋返及此荷葉鮮

携手

艷裔陽之春携手清洛濱雞鳴上林花薄暮小平津長裾薄白日廣袖葉芳塵故交一如此新知詎憶人

贈杜容成

一燕海上來一燕高臺息一朝所逢過依然舊所識問我來何遲山川幾紆直荅言海路長風多飛無力昔別縫羅春衣風初入帷今來夏欲曉桑蛾薄樹飛

春詠

春從何處來拂衣復驚梅雲障青瑣闥風吹承霧臺美人隔千里羅幃闕不開無由得共語空對相思杯

去妾贈前夫

棄妾在河橋相思復相遼鳳凰簪落髮蓮花帶緩

腰腸從別處斷貌在淚中消願君憶疇昔片言時
見饒

詠小年

董生唯巧笑子都信美目百萬市一言千金買相
逐不道參差菜詣諭竊寵淑願君捧繡被來就越
人宿

春怨

四時如湍水奔飛競廻復夜鳥響嚶々朝花照煜
煜厭見花成子多看筍成竹萬里斷音書十載異
棲宿積愁落芳鬢長啼壞美目君去在榆關妾留

住陘谷唯對昔耶房如鬼蜘蛛屋獨與響相酬還
時影自逐象牀易氊簟羅衣變單複幾度過風霜
猶能保煢獨

月夜詠陳南康新有所納

二八人如花三五月如鏡開簾一種色當戶兩相
映重價出秦韓高名入燕鄭十城屢請易千金幾
爭騁君意自能專妾心本無競

見貴者初迎盛姬聊為之詠

久想專房麗未見傾城者千金訪繁華一朝遇容
治家本薊門外來戲叢臺下長卿辛未匹文君復

新寡

與司馬治書同聞鄰婦夜織

洞房風已激長廊月復清藹藹夜庭廣飄飄曉帳清雜聞百虫思偏傷一息聲鳥聲長不息妾心復何極猶恐君無衣夜夜當窗織

夜愁

簷露滴為珠池水合成璧萬行朝淚瀉千里夜愁極孤帳閉不開寒膏盡復益誰知心眼亂看朱忽成碧

春閨有怨

愁來不理鬢春至更攢眉悲看蛺蝶粉泣望蜘蛛絲月映寒蛩褥風吹翡翠帷飛鱗難托意駛翼不綴思

擣衣

足傷金管處多懀緹光促下機鶩西眺鳴砧遽東旭芳汗似蘭湯彫金辟龍燭散度廣陵音慘寫漁陽曲別鶴悲不已離鸞斷更續尺素在魚腸寸心憑鴈足

爲人傷近不見

嬴女鳳凰樓漢姬柏梁殿詎將勝仙死音容猶可

見我有一心人同鄉不異縣異縣不成隔同鄉更脉脉脉脉如牛女何由得一語

爲何庫部舊姬擬蘼蕪之句

出戸望蘭薰褰簾正逢君歛容纔一訪新知詎可聞新人含笑近故人含淚隱妾意在寒松君心逐朝槿

在王晉安酒席數韻

窈窕宋華容但歌有清曲轉盼非無時斜扇還相矚詎減許飛瓊絶勝劉碧玉何因送款款伴飲杯中醁

爲人有贈

碧玉與緑珠張盧復雙女曼聲古難匹長袂世無侶似出鳳凰樓言發瀟湘渚幸有褰衣便含情寄一語

何生姬有怨

寒樹栖羇鵲月映風復吹逐臣與棄妾零落心可知寶琴徒七絃蘭燈空柏枝顰容不足效啼粧拭復垂同衾非楚越異國非此離

鼓瑟曲有所思

夜風吹熠〻朝光照昔耶幾銷蘼蕪葉空見蒲桃

花不堪長織素誰能獨浣紗光陰復何極望促反成賒知君亦蕩子奈妾自倡家

爲人寵姬有怨

可憐獨立樹枝輕根亦搖已爲露所浥復爲風所飄錦衾襞不開端坐夜及朝是妾愁成瘦非君重細腰

爲人自傷

自知心裏恨還向影中羞迴持昔慊慊變作今悠悠還君與妾珥歸妾奉君裘斷絃猶可續心去最難留

吹字落得不淺不深　五字心目無限手口莫從妙甚

秋閨怨

斜光隱西壁暮雀上南枝風來秋扇屏月出夜燈吹深心起百際遥淚非一垂徒勞妾辛苦終言君不知

昔饒創調何其淵永

相逢行　張率

相逢夕陰階獨趨向冠里高門既如一甲第復相似遇軾日欲昏何處訪公子公子之所在所在良未知青樓出上路漸臺臨曲池堂上撫流徽罍樽朝夕施橘柚分實葉朱火燎金枝兄弟兩三人冠佩紛陸離朝從禁門出車騎並驅馳金鞍瑪瑙勒

聚觀路傍兒入門一顧望鳧鵠有雄雌雄雌各數千相鳴戲羽儀並在東西立群次何離離大婦刺方領中婦抱嬰兒小婦尚嬌稚端坐吹參差丈夫無遽起神鳳且來儀

對酒

對酒誠可樂此酒復能醇如華良可貴如浮更非珍何以留上客爲寄掌中人金尊清復滿玉椀亟來親誰能共遲暮對酒及芳晨君當歌未罷却座避梁塵

遠期

遠期終不歸節物坐将變白露濕單衣秋風息團扇誰能少離別他鄉且異縣浮雲蔽重山相望何時見寄言遠行者空閨淚如霰

贈内　徐悱

日暮想青陽躡履出椒房網虫生錦薦遊塵掩玉牀不見可憐影空聞䕷帳香彼美情多樂挾瑟坐高堂豈忘離憂者向隅獨心傷聊因一書札以代九迴腸

對房前桃樹詠佳期贈内

相思上北閣徙倚望東家忽有當窓樹兼含映日

花芳鮮類紅粉比素若鉛華更使心增意彌令想
狹斜無如一路阻脉脉似雲霞嚴城不可越言折
伐踈麻

華觀省中夜聞城外擣衣

閶闔下重關丹墀吐明月秋氣城中令秋砧城外
發浮聲繞臺雀飄響度龍闕婉轉何藏摧當佳上
路來藏摧意未已定自乘軒裏乘軒盡世家從麗
似朝霞圓璫耳上照方繡領間斜衣薰百和屑鬢
揺九枝花昨暮庭槐落今朝羅縞薄拂席捲死央
開幔舒龜鶴金波正容與玉步依砧杵紅袖往還

縈素腕參差舉徒聞不得見獨夜空愁佇獨夜何窮極懷之在心側階垂玉衡露庭舞松風翼瀝滴流星輝爍爛長河色三冬誠足用五日無粮食揚雲已寂寥今君復弦直

和蕭紀室春旦有所思

芳樹發春輝蔡子望青衣水逐桃花去春隨楊柳歸楊柳何時歸裊裊復依依已蔭章臺陌復掃長門扉獨知離心者坐惜春光違洛陽遠如日何由見宓妃

春郊見美人

芳郊拾翠人迴袖捲芳春金輝起步揺紅米發吹輪湯湯蓋項日飄飄馬足壓薄暮高樓下當知妾姓秦

詠照鏡

晨輝照杏梁飛燕起朝糚留心散廣黛輕手約花黄正釵時念影拂絮且憐香方嫌翠色故乍道玉無光城中皆半額非妾畫眉長

陽春發和氣

日淨班姬門風輕董賢舘卷耳緑家出反舌登牆喚蚕女桂枝鈎遊童蘇合彈拂袖當留客相逢莫

相難

秋夜涼風起

佳人在河內征夫鎮馬邑零露一朝團中夜雨垂泣氣翠牀帳冷天寒針縷澁紅顔本暫時君還詎相及

採菱

妾家五湖口採菱五湖側玉面不關粧雙眉本翠色日斜天欲暮風生浪未息宛在水中央空作兩相憶

鼓吹曲二首

高巫山

巫山光欲晚陽臺色依依彼美岩之曲寧知心是非朝霽觸石起暮雨潤羅衣願解千金佩請逐大王歸

有所思

上林烏欲栖長安日行暮所思嚮不見空想丹墀步簾動憶君來雷聲似車度北方佳麗子窈窕能迴顧夫君自迷惑非爲妾心妬

同郭侍郎采桑　姚翻

鴈還高柳北春歸洛水南日照茱萸領風摇翡翠

蠶桑間視欲暮閨裏遽飢蚕相思君助取相望妾
那堪

孔翁歸和湘東王班姬一首

長門與長信日暮九重空雷聲隱聽隱車響絕籠
籠恩光隨妙舞團扇逐秋風鉛華誰不慕人意自
難終

劉令嫺詩二首　徐悱妻

花庭麗景斜蘭牖輕風度落日更新粧開簾對春
樹鳴鸝葉中舞戲蝶花間鶩調瑟本要歡心愁不
成趣良會誠非遠佳期今不遇欲知幽怨多春閨

深閨

東家挺奇麗南國擅容輝夜月方神女朝霞喻洛妃還看鏡中色比艷似知非摛辭徒妙好連類頓乖違智夫雖已麗傾城未敢希

何思澄三首

寂寂長信晚雀聲啾洞房蜘蛛網高閣駁蘚被長廊虛殿簾帷靜閑階花蘂香悠悠視日暮還復拂空牀

擬古

故交不可忘猶如蘭桂芳新知雖可悅不異茱萸

香妾有鳳雛曲非爲陌上桑薦君君不御抱瑟自
悲涼

南苑逢美人

洛浦疑迴雪巫山似旦雲傾城今所見傾國昔曾
聞媚眼隨嬌合丹脣逐笑分風卷蒱桃帶日照石
榴裙自有狂夫在空持勞使君

荅唐娘七夕所穿針　徐悱

倡人助漢女靚粧臨月華連針學並蔕縈縷作開
花孀閨絕綺羅攬贈自傷嗟雖言未相識聞道出
良家曾停霍君騎經過柳惠車無由一共語暫看

日升霞

玉臺新詠卷之六

玉臺新詠目錄卷之七

詠舞　春閨情

又三韻　率爾成詠

美人晨粧　賦得當壚

林下妓

擬落日窓中坐

美人觀畫

孌童

代秋胡婦閨怨邵陵王綸

車中見美人

代舊姬有怨

湘東王繹

登顏園故閣

戲作艷詩

夜遊柏齋

和劉上黃

寒宵

詠晚棲烏

詠秋夜

同蕭長史看妓

和湘東王夜夢應令

曉色

閨妾寄征

玉臺新詠目錄卷之七

玉臺新詠卷之七

擣衣

梁武帝

駕言易水北送別河之陽沉思慘行鑣結夢在空牀既寤丹綠謬始知紈素傷中洲木葉下邊城應早霜陰虫日慘烈庭草復云黃金風但清夜明月懸洞房嫋嫋同宮女助我理衣裳參差夕杵引哀怨秋砧揚輕羅飛玉腕弱翠低紅粧朱顏日已興眄睇色增光擣以一匪石文成双夗央制握斷金刀薰用如蘭房佳期久不歸持此寄寒鄉妾身誰與容思君苦人腸

擬長安有狹斜十韻

洛陽有曲陌陌曲不通驛忽逢一少童扶轡問君宅君宅邯鄲右易憶復可知大息組絪緼中息珮陸離小息尚青綺總轡遊南皮三息俱入門家臣拜門埀三息俱升堂旨酒盈千巵三息俱入戶戶内有光儀大婦理金翠中婦事玉觹少婦獨閑暇調笙遊曲池丈夫少徘徊鳳吹方參差

擬明月照高樓

圓魄當虛闥清光流思筵筵思對孤影悽怨還自憐臺鏡早生塵匣琴又無絃悲慕屢傷節離憂壑

華年君如東扶景妾似西柳煙相去既路迥明晦亦殊懸願爲銅鐵轡以感長樂前

擬青青河邊草

幕幕繡戶絲悠悠懷昔期昔期久不歸鄉國曠音輝音輝空結遲半寢覺知至旣寤了無形與君隔死生月似雲掩光葉似霜催老當途競自容莫肯與妾道

代蘇屬國婦

良人與我期不謂當過時秋風忽送節白露凝前基愴〻獨涼枕搔〻孤月帷或聽西北鴈似從寒

海湄果啣萬里書中有生離辭惟言長別矣不復
道相思胡羊久剽奪漢節故支持帛上看未終臉
下淚如絲空懷之死誓遠勞同穴詩

古意

飛鳥起離離驚散忽差池嗷嘈遶樹上翩翾集寒
枝既悲征役久偏傷壠上兒寄言閨中愛此心詎
能知不見松蘿上葉落根不移

芳樹

綠樹始搖芳芳生非一葉一葉度春風芳華自相
接雜色亂參差衆花紛重疊重疊不可思思此誰

能愜

臨高臺

高臺半行雲望望高不極草樹無參差山河同一
色髣髴洛陽道道遠難別識玉階故情人情來共
相憶

有所思

誰言生離久適意與君別衣上芳猶在握裏書未
滅腰間雙綺帶夢爲同心結常恐所思露瑶花未
忍折

古意

當春有一草綠花復垂枝云是忘憂物生在北堂
垂飛飛双蛺蝶低低兩差池差池低復起此芳性
不移飛蝶双復隻此心人莫知

紫蘭始萌

種蘭玉臺下氣暖蘭始萌芬芳與時發婉轉迎節
生獨使金翠嬌偏動紅綺情二遊何足壞一顧非
傾城羞將苓芝侶豈畏鶗鴂鳴

織婦

送別出南軒離思沈幽室調梭輟寒夜鳴機罷秋
月良人在萬里誰與共成匹願得一廻光照此憂

與疾君情倘未忘妾心長自畢

七夕

白露月下團秋風枝上鮮瑶臺生碧霧瓊幕亟紫煙綺會非妙節佳期乃良年玉壺承夜急蘭油依曉煎昔時悲難越今傷何易旋怨咽双念斷凄切兩情懸

戲作

宓妃生洛浦遊女出漢陽妖閑逾下蔡神妙絶高唐錦駒且變俗玉豹復移鄉況兹集靈異豈得無方將長袂必留客清哇咸繞粱燕趙羞容正西姐

憖芬芳徒聞殊可弄定自之明璫

樂府三首　皇太子

艷歌篇十八韻

淩晨光景麗倡女鳳樓中前瞻削成小傍望春旌空分糚間淺壓繞臉傅斜紅張琴未調軫飲吹不全終自知心所愛出入仕秦宮誰言連伊屈更是莫敖通輕軺綴皂蓋飛轡轢雲驄金鞍隨繫尾銜璅映躧駿戈鏤荆山玉劒飾丹陽銅左把蘇合彈傍持犬屈弓控弦因鵲血挽強用牛螉弋獵多登隴酣歌每八豐暉々隱落日冉冉還房櫳燈生陽

燧火塵散鯉魚風流蘇時下帳象簟復韜筒霧暗
窓前柳寒疎井上桐女蘿托松際瓜蔓甘井東拳
拳恃君愛歲莫望無窮

蜀國弦歌十韻

銅梁望絕國劒道望中區通星上分野作固爲下
都雅歌因良守妙舞自巴渝陽城嬉樂所劒騎鬱
相趨五婦行難至百兩好游娛牲祈望帝祀酒酹
蜀侯姝江妃納重娉卓女愛將雛停絃時繫爪息
吹治脣朱春衫漸錦浪廻扇避陽魚聞君旌節返
賤妾下城隅

妾薄命篇十韻

名都多麗質本自恃容姿蕩子行未至秋胡無定期玉貌歇紅臉長顰串翠眉奩鏡迷朝色縫針脆故絲本異搖舟咎何關竊席疑生離誰撫肓溘死詎成遲毛嬙貌本絕踉蹌入氊帷盧姬嫁日晚非復好年時轉山猶可逐烏白望難追妾心徒自苦傍人會見嗤

代樂府三首

新成安樂宮

遥看雲霧中耿耿映丹紅珠簾通曉日金花拂夜

風欲知聲管處來過安樂宮

雙桐生空井

季月双桐井新枝復舊株晚葉藏栖鳳朝花拂曙烏還看西子照銀牀牽轆轤

楚妃歎

幽閨情脉脉漏長宵寂寂草螢飛夜戶絲虫繞秋壁簿笑未爲欣微歎還成戚金簪鬢下垂玉筯衣前滴

和湘東王横吹曲三首

洛陽道

洛陽佳麗所大道滿春光游童初挾彈蚕妾始提筐金鞍照龍馬羅袂拂春桑玉車爭晚入潘果溢高箱

折楊柳

楊柳亂成絲攀折上春時葉密鳥飛礙風輕花落遲城高短簫發林空畫角悲曲中無別意併爲久思相

騮紫馬

賤妾朝下機正值良人歸青絲懸玉鐙朱汗染香衣驟急珂彌響蹄多塵乱飛雕胡幸可薦故心君

莫違

雍州曲三首

南湖

南湖荇葉浮復有佳期遊銀綸翡翠鈎玉管芙蓉舟荷香亂衣麝枕聲隨急流

北渚

岸陰垂柳葉平江含粉蝶好値城傍人多逢蕩舟妾綠水濺長袖浮苔染輕檝

大堤

宜城斷中道行旅極流連出妻工織素妖姬慣數

錢炊彫留吐客貰酒逐神仙

同庾肩吾四詠二首

蓮舟買荷度

採蓮前岍隈舟子屢徘徊披衣可織風疎荷香不
來欲知當度處當看荷葉開

照流看落釵

相隨照緑水意欲重凉風梳搖粧影壞釵落鬢花
空佳期在何許徒傷心不同

和湘東王三韻二首

春宵

花樹含春叢羅夜幃長空風聲隨篠韻月色與池
同綵牋徒自發無信往雲中

冬曉

冬朝日照梁含怨下前牀帳褰竹葉帶鏡轉菱花
光會是無人見何用早紅粧

戲作謝惠連體十三韻

雜蘂映南庭庭中光景媚可憐枝上花早得春風
意春風復有情拂幔且開楹盈盈開碧煙拂幔拂
垂蓮偏使紅花散飄颺落眼前眼亦多無況參差
欝相望珠繩翡翠帷綺幕芙蓉帳香烟出窓裏落

月斜階上日影去遲遲節花咸在玆桃枝紅若點
柳葉亂如絲絲條轉暮光影落暮光長春燕双双
舞春心處處揚酒滿心聊足萱枝愁不忘

倡婦怨情十二韻

綺窓臨畫閣飛閣繞長廊風散同心草月散可憐
光髩鬟簾中出妖麗特非常恥學秦羅髻羞爲樓
上粧散誕披紅帔生情新約黄斜燈入錦帳微煙
出玉房六安双玳瑁八幅兩鴛鴦猶是别時許留
值解心傷含情生度日俄頃變炎凉玉關驅夜雪
金氣落嚴霜飛狐驛使斷交河川路長蕩子無消

息朱唇徒自傷

和徐錄事見内人作臥具

密房寒日晩落照度窗邊紅簾遥不隔輕帷半捲懸方知纖手製詎減縫裳妍龍刀横脉脉畫尺墮衣前熨斗金塗色簪管白牙躔衣裁合歡攝文作鴛鴦連針用双縫縷絮是八蚕綿香和麗丘蜜麝吐中臺烟已入琉璃帳兼雜太華氊且句彫爐煖非同團扇捐更恐從軍别空牀徒自憐

戲贈麗人

麗姬與妖嬙共拂可憐粧同安鬟裏撥異作額間

黄羅裙宜細簡畫屧重高墻含羞來上砌微笑出長廊取花爭問色扳枝念蘂香但歌聊一曲鳴絃未息張自矜心所愛三十侍中郎

秋閨夜思

非關長信別詎是良人征九重忽不見萬恨滿心生夕門掩魚鑰宵牀悲畫屏廻月臨窓度吟虫繞砌鳴初霜霣細葉秋風驅亂螢故粧 酒累日新衣襞未成欲知妾不寐城外擣衣聲

和湘東王士名悅傾城

美人稱絕世麗色譬花叢雖居李城北住在宋家

東教歌公主第學舞漢成宮多游淇水上好在鳳樓中履高疑上砌裾開特畏風衫輕見跳脫珠概雜青虫垂絲蓮帷幔落日度房櫳粧窓隔柳色井水照桃紅非憐江浦珮羞使春閨空

從頓暫還城

漢渚水初綠江南草復黃日暖蒲心發風吹梅蕋香征艫艤湯塹歸騎息金隍舞觀依裳襞歌臺絃未張特此橫行去誰念守空牀

詠人去妾

昔時嬌玉步含羞花燭邊豈言心愛斷啣啼私自

憐常見歡成怨非關醜易妍獨鵲罷中路孤鴛鸞
鏡前

執筆戲書

舞女及燕姬倡樓復蕩婦參差大戾發搖曳小垂
手釣竿蜀國彈新城折楊柳王按西王桃蠡杯石
榴酒甲乙羅帳異辛壬房戶暉夜夜有明月時時
憐更衣

艷歌曲

雲楣桂成戶飛棟杏爲梁斜窓通蘂氣細隟引塵
光裁衣魏后尺汲水淮南牀青驪暮當返預使羅

裙香

怨

秋風與白團本自不相安新人反故愛意氣豈能寬黃金肘後印白玉案前盤誰堪空對此還成無歲寒

擬沈隱侯夜夜曲

藹藹夜中霜何關向曉光枕啼常帶粉身眠不着牀蘭膏斷更益薰爐滅復香但問愁多少便知夜短長

七夕

秋期此時決長夜從河靈紫煙淩鳳羽奔光隨玉
軿洛湯疑劒氣成都怪客星天梭織來久方逢今
夜停

同劉諮議詠春雪

晚霞飛銀礫浮雲暗未開入池消不積因風墮復
來思婦流黃素溫姬玉鏡臺看花言可插定有非
春梅

晚景出行

細樹含殘影春閨散晚香輕花鬢邊墮微汗粉中
光飛鳧初罷曲啼鳥忽度行羞令白日暮車騎鬱

相望

賦樂府得大垂手

垂手忽苕苕飛燕掌中嬌羅衣恣風引輕帶任情搖詎似長沙地促舞不迴腰

賦樂名得箜篌

捩遲初挑吹弄急時催舞釧響逐絃鳴私迴半障柱欲知心不平君看黛眉聚

詠舞

可憐初二八逐節似飛鴻懸勝河陽妓闇與淮陽同入行看履進轉面望鬟空腕動苕華玉袖隨如

意風上客何須起啼烏曲未終

春閨情

楊柳葉纖纖佳人懶織縑正衣還向鏡迎春試捲簾摘梅多繞樹覓燕好窺簷只言逐花草計較應非嫌

又三韻

珠簾向暮下妖姿不可追花風暗裏覺蘭燭帳中飛何時玉窓裏夜夜更縫衣

率爾成詠

借聞仙將畫詎有此佳人傾城且傾國如雨復如

神漢后憐名燕周王重姓申挾瑟會游趙吹簫屢
入秦王階偏望樹長廊每逐春約黃出意巧纏絃
用去新迎風時引申連日暫披巾踈花映鬢插鈿
佩遞衫身誰知回欲薄含差不自陳

美人晨粧

北向窻朝鏡錦帳復斜縈嬌羞不肯出猶言粧未
成散黛隨眉廣燕脂逐臉生試將持出衆定得可
憐名

賦得當爐

十五正團圓流光滿上蘭當爐設夜酒宿客解金

居然一美人推乾
藏露于簾屏間
外之間
畫眉粧未了魏筆
使人催媚立未了
彩言粧未成媚

李白百尺清潭寫翠娥用此句也

鞍迎來挾瑟易送別但歌難詎知心恨意翻令衣帶寬

林下妓

炎光向夕斂促宴臨前池泉聲影相得花與面相宜管聲長鳥哢舞袖寫風枝歡樂不知醉千秋長若斯

擬落日窓中坐開

杏梁斜日照餘輝映美人開函脫寶釧向鏡理紈巾游魚動池葉舞鶴散階塵空嗟千歲久願得及陽春

美人觀畫

殿上圖神女宮裏出佳人可憐俱是畫誰能辨僞眞分明淨眉目一種細腰身所有特爲異長有好精神

代秋胡婦閨怨　邵陵王綸

蕩子從游宦思妾守房櫳塵鏡朝朝掩寒衾夜夜空若非新有悅何事久西東知人相憶不淚盡夢啼中

車中見美人

關情出眉眼軟媚着腰肢語笑能嬌媄行步絕逶

迤空中自迷惑渠傍會不知懸念猶如此得應時若爲

代舊姬有怨

寧爲萬里別乍此生別離那堪眼前見故愛逐所移未展春光落遽起秋風吹怨黛愁還斂啼粧拭更垂誰能巧爲賦黃金妾自貴

登顏園故閣　湘東王繹

高樓三五夜流影入丹墀先時留上客夫壻美蓉姿粧成理蟬鬢笑罷斂蛾眉衣香知步近釧動覺行遲如何舞館樂翻見歌梁悲猶懸北窗幌未捲

南軒帷寂寂空郊暮非復少年時

戲作豔詩

入堂值小婦出門逢故夫含辭未反吐絞袖且踟躕搖茲扇似月掩此淚如珠今懷同無已故情今有餘

夜遊柏齋

燭暗行人靜簾開雲影入風細雨聲遲夜短更籌急能下班姬淚復使倡樓泣況此客遊人中宵空停立

和劉上黃

新鶯隱葉囀新燕向窗飛柳絮時依酒梅花乍入衣玉珂輕風度金鞍映日暉無令春色晚獨望行人歸

詠晩栖鳥

日暮連翻翼俱向上林栖風多前鳥駛雲暗後群迷路遠聲難徹飛斜行未齊應從故鄉返幾過入蘭閨借問倡樓妾何如蕩子妻

寒宵

烏鵲夜南飛良人行未歸池水浮明月寒風送擣衣願織迴文錦因君寄武威

意全二字入婦人口說，聞倘有覺趣。卓文君詩亦曰男兒重意氣。女人寵男子厚者道在淺矣。然語人說淺處寫之乃佳。妙在四句皆夢中。[illegible]

秋夜

秋夜九重空漏子怨房櫳燈光入綺帷簾影進屏風金徹調玉軫茲夜撫離鴻

同蕭長史看妓　武陵王紀

燕姬奏妙舞鄭女發清歌迴羞出慢臉送態入嚬蛾寧殊值行雨詎減見凌波想君愁日暮應羨曾陽戈

和湘東王夜夢應令

昨夜夢君歸賤妾下鳴機懸知意不著去時衣故言如夢裏賴得鴈書飛

曉色

晨禽爭學囀朝花亂欲開爐烟入斗帳屏風隱鏡臺紅粧隨淚盡蕩子何時迴

閨妾寄征

斂色金星聚縈悲玉筯流願君看海氣憶妾上高樓

玉臺新詠目録卷之八

劉令嫺　一首

王叔英妻　一首

玉臺新詠卷之八

古樂府

蕭子顯

大明上苕苕陽城射凌霄光照窓中婦絕世同阿嬌明鏡盤龍簪刻羽鳳凰彫逶迤梁家髻冉弱楚宮腰輕紈拂黽錦薄縠間飛綃三六前年暮四五今年朝蚕園拾芳繭桑陌採柔條出入東城里上下洛西橋忽逢車馬客飛蓋動襜軺单衣鼠毛織寶劒羊頭鞘丈夫疲應對御者輟銜鑣桂間徒脉脉垣上幾翹翹女本西家宿君自上官要漢馬三萬匹夫婿任飄颻鞶囊虎頭綬左珥晃盧貂橫吹

龍鍾管奏鼓象牙簫十五張内侍十八貫登朝皆
笑顔郎老盡訝董生超

代美女篇

邯鄲暫輟舞巴姬請罷絃佳人溱洧上艶趙復傾
燕繁穠既爲李照水亦成蓮朝沽成都酒暝數河
間錢餘光幸未惜蘭膏空自煎

春月　王筠

日照鴛鴦殿萍生鴈鶩池遊塵隨影入弱柳帶風
垂青鶬逐黄口別鶴慘羈雌同衾遠遊説結愛久
生離於今方溘死寧須萱草枝

卷葹心未發䕷蕪葉欲齊春蠶方曳緒新燕正啣
泥野雉呼雌雊庭禽挾子栖從君客梁後方晝掩
春閨山川隔道里芳草徒萋萋

秋夜二首

九重依夜管四壁慘無輝招搖顧西落烏鵲向東
飛流螢漸收火絡緯欲催機爾時思錦字持製行
人衣所望丹心達嘉客倘能歸
露華初泥泥桂枝方悚悚煞氣下重軒輕陰滿四
屋別寵憎脩夜遠征悲獨宿愁牽翠羽眉淚滿橫
波目長門絶往來含情空杼軸

遊望二首

落日照紅粧挾瑟當囱牖寧復歌蘼蕪唯聞嘆楊柳結好在同心離別由衆口徒設露葵羮誰酌蘭英酒會日杳無期嬋華安得久

相思不安席聊至狹斜東愁眉倣歲里高髻學城中隻眉偏照日獨蓋好縈胷自知心所愛獻賦甘泉宮博聞方鼎食詎春憶閨容

遥見鄰舟主人投一物衆姬爭之有客請余爲詠　劉孝綽

河流既浼浼河鳥復關關落花浮浦出飛雉復流

還此日倡家女競嬌桃李顏良人惜美珥欲以代
芳管新縑疑故素盛趙蔑衰班曳綃事掩縠搖珮
奪鳴環客心空振蕩高枝不可扳

淇上人戲蕩子婦示行事

桑中始奕奕淇上未湯湯美人要雜珮上客誘明
璫日闇人聲靜微步出蘭房露葵不待勸鳴瑟無
暇張翠釵掛已落羅衣拂更香如何嫁蕩子春夜
守空牀不見青絲騎徒勞紅粉粧

賦得照棊燭刻五分成

南皮絃吹罷終奕且留賓日下房櫳閉華燭命佳

人側光金照扃廻花半隱身不亂纖手卷羞令夜向晨

夜聽妓賦得烏夜啼

鵾絃且輟弄鶴操暫停徽別有啼烏曲東西相背飛倡人怨獨守蕩子遊未歸若逢生離曲長夜泣羅衣

賦得遺所思

遺簪彫玳瑁贈綺織鴛鴦不若華滋樹交枝蕩子房別前秋已落別後春更芳所思不可寄唯憐盈袖香

繁華應令　劉遵

可憐周小童微笑摘蘭叢鮮膚如粉白慢臉似桃紅挾彈雕陵下垂鉤蓮葉東腕轉飄香麝衣輕任好風幸承枕席選得奉畫堂中金屏障翠翡籃杷覆薰籠本欲傷輕薄含辭羞自通剪袖恩雖重殘桃愛未終蛾眉詎須嫉新粧迎入宮

頓還城應令

漢水深難渡深潭見底清錦笮繫鷁舸珠竿懸翠鈴鳴笳芳樹曲流唱採蓮聲神遊不停駕日暮返連營寧顧重房重階上綠苔生

奉和率爾有詠　王訓

殿内多仙女從來難比方別有當窓艷復是可憐粧學舞勝飛燕染粉薄南陽散黃分黛色薰衣雜棗香簡釵新鬟翠試履逆垣牆一朝恃容色非復守空房君恩若可恃願作双鴛鴦

有所思　庾肩吾

佳期竟不歸春物坐芳菲拂匣看離扇開箱見別離井梧生未合宮槐卷復稀不及御泥燕從來相逐飛

詠美人自看畫應令

欲知畫能巧喚取真來映並出似分身分看如對鏡安釵等疎密着領俱周正不解平城圍誰與丹后競

賦得横吹曲長安道

桂宮横複道黃山開廣路遠聽平陵鍾遥識新豐樹合殿生光采離宮起煙霧日落歌吹還塵飛車馬度

南苑還看人

春花競玉顔俱折復俱攀細腰宜窄衣長釵巧挾鬟洛橋初度燭青門欲上關中人應有望上客莫

前還

相東王春宵應令

征人別來久年芳復臨牖燭下夜逢衣春寒偏著手願返歸飛鴈因書寄高柳

送別於建興苑相逢

相逢小苑北停車問苑中梅新雜柳故粉白映綸紅去影背斜日香衣臨上風雪消階漸黑冰開池半通去馬船難歸啼烏曲未終眷然從此別車西馬復東

侍宴賦得龍沙宵月明　劉孝威

鵲飛空繞樹月輪殊未圓姮娥望不出桂枝梢隱
殘落照移樓影浮光動塹瀾櫪馬悲笳吹城烏啼
塞寒傳聞機杼妾愁余衣服單當秋終已脆嘶啼
織復難歛眉雖不樂舞劒強爲歡請謝亟關吏行
當看一九

奉和湘東王應令冬曉

妾家邊洛城慣識曉鍾聲鍾聲猶未絶漢使報應
行天寒硯冰凍心悲書不成

都縣遇見人織率爾歌婦

妖姬含怨情織素起秋聲度梭環玉動踏躡珮珠

鳴經移疑杼澁緯斷恨絲輕蒲桃始欲罷鴛鴦猶未成雲棟共徘徊紗窗相向開圖蹤脣語度紗輕眼笑來曨曨隔淺紗的的見粧華鏤玉同心帶列寶連枝花紅衫向後結金簪臨鬓斜機頂挂流蘇機傍垂結珠青絲伏引兔黃金繞轆轤艷彩裾邊出芳脂口上渝百城交問道五馬共踟躕眞爲閨中人守故不要新夢啼漬花枕覺淚濕羅巾獨眠眞自難重衾猶覓寒逾憶凝脂暖彌想橫陳歡行驅金絡騎蹄就南城端城南稍有期想子亦勞思羅衣久應罷花釵堪更治新粧莫點黛余還自畫

眉

共內人夜坐守歲　徐君蒨

歡多情未極賞至莫停杯酒中挑喜子粽裏覓楊梅簾開風入帳燭盡炭成灰勿疑鬢釵重爲待曉光催

初春攜內人行戲

梳飾多今世不著一時新草短猶通屧梅香漸著人樹斜牽錦帔風橫入紅綸滿酌蘭英酒對此得娛神

南苑看遊者　鮑泉

洛陽小苑地車馬盛經過緣溝駐行幰傍柳轉鳴
珂履高令響珮襪輕半隱羅浮雲無處所何用轉
横波

落日看還

妖姬競早春上苑逐名辰苔輕變水色霞濃掩日
輪雕甍斜落照畫扇拂遊塵衣香遥已盡衫經遠
更新誰家蕩舟妾何處織縑人

敬酬劉長史詠名士悅傾城　劉緩

不信巫山女不信洛川神何關别有物刑還是傾
城人經共陳王戲曾與宋家隣未嫁先名玉來時

本姓秦粉光猶似面朱色不勝唇遙見疑花發聞香知異春釵長逐鬟髮襪小稱腰身夜夜言嬌盡朝朝態還新工傾荀奉倩能迷石季倫上客徒留目不見正橫陳

雜詠湘東王三首

別後春池異荷盡欲生冰箱中剪刀冷臺上面脂凝纖腰轉無力寒衣恐不勝　右冬宵

樓上起秋風絕望秋閨中燭溜花行滿香燃奩欲空從教兩行淚俱浮糚上紅　右秋夜

不堪寒夜久夜夜守空牀衣裾逐坐襵釵影近燈

長無憐四幅錦何須辟惡香　右寒閨

和陰梁州雜怨　鄧鏗

別離雖未久遂如長別離叢桂頻銷葉庭樹幾攀枝君言妾貌改妾畏君心移終須一相見併得兩相知

奉和夜聽妓聲　又

燭華似明月鬟影勝飛橋妓兒齊鄭樂爭妍學楚腰新歌自作曲舊瑟不須調衆中俱不笑座上莫相撩

奉和世子春情　甄固

昨晚褰簾望初逢雙燕歸今朝見桃李不嘗數花飛以愁春欲度無復寄芳菲

和詠舞

洞房花燭明燕餘双舞輕頓履隨疎節低鬟逐上聲伴轉行初進飄衫曲未成迴鸞鏡欲滿鵠顧市應傾已曾天上學詎似世中生

和何僕射還宅懷故

紫閣旦朝罷中臺夕奏稀無復千金笑徒勞五日歸步簷朝未掃蘭房晝掩扉苔生理曲處網積迴文機故瑟餘絃斷歌梁秋燕飛朝雲雖可望夜帳

定難依願憑甘露入方假慧燈輝寧知洛城晚還淚獨沾衣

萬山見採桑人　劉邈

倡妾不勝愁結束下青樓逐伴西城路相攜東陌頭葉盡時移樹枝高乍易鈎絲繩掛且脫金籠寫復收蠶飢日已暮詎爲使君留

見人織聊爲之詠

纖纖運玉指脉脉正蛾眉振躡開交鏤停梭續斷絲簷花照初月洞戶未垂帷弄機行掩淚翻令織素遲

秋閨

螢飛綺窓外妾思霍將軍燈前量獸錦簷下織花紋隧露如輕雨長河似薄雲秋還百種事衣成未暇薰

鼓吹曲折楊柳

高樓十載别楊柳擢絲枝摘葉鷩開駃攀枝恨别離年年阻音信月月減容儀春來誰不望相思君自知

建興苑　紀少瑜

丹陵抱天邑紫苑更上林銀臺懸百仞王樹起千

尋水流冠蓋影風揚歌吹音踟躕憐拾翠顧步惜遺金日落庭花轉方幔屢移陰絲言樂未極不道愛黃金

擬吴筠體應教

庭樹發春輝遊人競下機却匣擎歌扇開箱擇舞衣桑萎不復惜看花遽將夕自有專城居空持迷上客

春日二首

愁人試出牖春色定無窮參差依網日淡蕩入簾風落花還繞樹輕飛去隱空徒令玉筋泣双垂明

鏡中

高臺動春色清池照日華綠葵向光轉翠柳逐風斜林有驚心鳥園多奪目花相與咸知節嘆子獨離家人行令不返何勞空折麻

走筆戲書應令　徐孝穆陵

此日乍般勤相嫌不如春今宵花獨淚非是夜迎人舞席秋來卷歌筵無數塵曾經新代故那惡故迎新片月窺花簟輕寒入帔巾秋來應瘦盡偏自著腰身

奉和詠舞

閨閣細了妙
便是乏望
閨中見望字全
是一片歡趣着
惆悵離別等語
了不同

十五屬平陽因來入建章主家能教舞城中且巧
粧低鬟向綺席舉袖拂花黃燭送窗邊影衫傳鈴
裏香當關好留客故作舞衣長

情癡題

和王舍人送客未還閨中有望

倡人歌吹罷對鏡覽紅顏拭粉留花稱除釵作小
鬟綺燈停不滅高扉掩未關良人在何處光唯見
月還

光字吊動用多應經爲

爲羊兗州家人荅餉鏡

信來贈寶鏡亭亭似團月鏡久自逾明人久情逾
歇取鏡挂空臺於今莫復開不見孤鸞鳥香魂何

處來

春閨怨　　吴孜

玉關信使斷借問不相諳春光太無意窺窓來見參分與光音絶怨值日東南柳枝皆嬲燕桑葉復催蠶物色頓如此孀居自不堪

㵒井得金釵　　湯僧濟

昔日倡家女摘花露井邊摘花還自插照井還自憐翠羽成泥去金釵尚如先此人今不在此物今空傳

和班婕妤　　徐悱妻劉氏

日落應門閉愁思百端生況復昭陽近風傳歌吹聲寵移終不恨讒枉太無情只言爭分理非妬舞腰輕

和昭君怨　王叔英妻劉氏

一生竟何定萬事良難保丹青笑舊圖玉匣成秋草想妾辭關路至今猶未燥漢使汝南來殷勤爲人道

玉臺新詠卷之八

玉臺新詠目錄卷之九

沈約　二首

玉臺新詠卷之九

古詞

東飛伯勞歌

東飛伯勞西飛燕黃姑織女時相見誰家女兒對門居開顏發豔照里閭南窗北牖挂明光羅幃綺帳脂粉香女兒年幾十五六窈窕無雙顏如玉三春已暮花從風空留可憐誰與同

梁武帝

河中之水歌

河中之水向東流洛陽女兒名莫愁莫愁十三能

織綺十四採桑南陌頭十五嫁與盧家婦十六生兒字阿侯盧家蘭室桂爲梁中有鬱金蘇合香頭上金釵十二行足下絲履五文章珊瑚掛鏡爛生光平頭奴子擎履箱人生富貴何所望恨不早嫁東家王

古詞一首

越人歌

楚鄂君子修者乘青翰之舟張翠羽衣蓋榜枻越人悅之擢檝而歌以感鄂君歡然舉繡被而覆之其辭曰

今日何日搴洲中流今夕何夕與王子同舟山有木兮木有枝心悅君兮君不知

琴歌并序

司馬相如

司馬相如遊臨邛富人卓王孫有女文君新寡竊於壁間窺之如相鼓琴歌以挑之曰

鳳兮鳳兮歸故鄉遨遊四海求其皇時未遇兮無所將何悟今夕兮昇斯堂有艷淑女在此方室近人遐獨我傷何緣交頸爲鴛鴦胡頡頏兮共翱翔一無兮字

凰兮凰兮從我栖得託孳尾永爲妃交情通意心和諧中夜相從知者誰双翼俱起高翻飛無感我心使余悲

詩一首并序

漢武元封中以江都王女細君爲公主嫁與烏孫昆彌至國而自治宮室歲時一再會言語不通公主悲愁自作歌曰

吾家嫁我兮天一方遠託異國烏孫王穹廬爲室氊爲牆以肉爲食兮酪爲漿常思漢土兮心内傷願爲黃鵠歸故鄉

漢成帝時童謡二首并序

漢成帝趙皇后名飛燕寵幸冠於後宮常從帝出時富平侯張放亦稱倖幸爲期門之游故歌云張公子時相見也飛燕嬌妬成帝無子故云啄皇孫華而不實王莽自云代漢德者土色尚黄故云黄雀飛燕竟以廢死故爲人所憐也

燕燕尾涎涎張公子時相見木門倉琅根燕飛來啄皇孫

桂樹花不實黄雀巢其顛昔爲人所愛今爲人所

憐

漢桓帝時童謠二首

小麥青青大麥枯誰當穫者婦與姑丈夫何在西擊胡吏買馬君具車請爲諸君鼓龍胡城上烏尾畢逋公爲吏兒爲徒一徒死百乘車車班班至河閒河閒婉女能數錢以錢爲室金爲堂石上膴膴春黄粱之下有懸鼓我欲擊之丞相怒

四愁詩　張衡

我所思兮在太山欲往從之梁甫難側身東望涕沾翰美人贈我金錯刀何以報之英瓊瑶路遠莫

致倚逍遥何爲懷憂心煩勞
我所思兮在桂林我欲從之湘水深側身南望涕
沾襟美人贈我金琅玕何以報之双玉盤路遠莫
致倚惆悵何爲懷憂心煩傷
我所思兮在漢陽欲往從之隴坂長側身西望涕
沾裳美人贈我貂襜褕何以報之明月珠路遠莫
致倚踟躕何爲懷憂心煩紆
我所思兮在鴈門欲往從之雪紛紛側身北望涕
沾巾美人贈我錦繡段何以報之青玉案路遠莫
致倚增嘆何爲懷憂心煩惋

贈婦　秦嘉

曖暖白日引曜西傾啾啾雞群飛雀赴楹皎皎明月煌煌列星嚴霜悽愴飛雪覆庭寂寂獨居寥寥空室飄飄桂帳熒熒華燭爾不是居帷帳何施爾不是照華燭何爲

燕歌行　魏文帝

秋風蕭瑟天氣涼草木搖落露爲霜群燕亂歸鴈南翔念君客遊多思腸慊慊思歸戀故鄉君爲淹留寄他方賤妾煢煢守空房憂來思君不敢忘不覺淚下沾衣裳援琴鳴絃發清商短歌微吟不能

長明月皎皎照我牀星漢西流夜未央牽牛織女
遥相望爾獨何辜限河梁
別日何易會日難山川悠遠路漫漫鬱陶思君未
敢言寄聲浮雲往不還沾零兩面毀容顏誰能懷
憂獨不嘆展詩清歌聊自寬樂往哀來摧肺肝耿
耿伏枕不能眠披衣出戶步東西仰看星月觀雲
間飛鶬晨鳴聲可憐留連顧懷不能存

妾薄命行六言　曹植

日月既逝西藏更會蘭室洞房花燭步幛輝皎煌
若日出扶桑促尊合坐行觴主人起舞盜盤能者

宂觸別端騰觚飛爵闌干同量等色齊顏任意交屬所懽朱顏發外形蘭袖隨礼容極情妙舞仙仙體輕裳解襞遺絶纓俛仰咲喧無呈覽侍佳人玉顏齊接金鑾翠盤手形羅袖良難腕弱不勝珠環坐者嘆息舒顏御巾裛粉君傍中有霍納都梁雞舌五味雜香進者何人齊姜恩重愛深難忘召延寬好宴私但歌杯來何遲客賦既醉言歸主人稱露未晞

歷九秋篇董桃行　傅玄

綠繡領兮含輝皎日迴光則微朱華忽爾漸衰影

願為影正一句情中之最廣者也今之作情詞者但能止此耳下二語則夢想不到矣

欲捨形高飛誰言往恩可追

薺與麥兮夏零蘭桂踐霜逾馨祿命緣天難明妾心結意丹青何憂君心中傾

車遥遥篇

車遥遥兮馬洋洋追思君兮不可忘君安遊兮西入秦願爲影兮隨君身君在陰兮影不見君依光兮妾所願

在陰依光在陰字中翻出表出妙作妙想如有觸二字尤妙

押句含蓄有思比淵明影詩似妙此尤妙在淺

燕人美篇

燕人美兮趙女佳其室則遠兮限層崖雲爲車兮風爲馬玉在山兮蘭在野雲無期兮風有止思心

多端兮誰能理

擬四愁詩四首幷序

張平子作四愁詩體小而俗七言類也

聊擬而作之名曰擬四愁詩其辭曰

我所思兮在瀛洲願爲雙鵠戲中流牽牛織女期

在秋山高水深路無由愍余不遘嬰殷憂佳人貽

我明月珠何以要之比目魚海廣無舟悵勞劬寄

言飛龍天馬駒風起雲披飛龍逝波滔天兮馬不

麗何爲多念心憂世

我所思兮在珠崖願爲比翼浮清池剛柔合德配

二儀形影一絶長别離懸余不遘情如攜佳人貽我蘭蕙草何以要之同心鳥火熱水深憂盈抱申以琬琰夜光寳卞和旣没玉不察存若流光忽電滅何爲多念獨欝結

我所思兮在崐山願爲鹿蛩闚虞淵日月迴曜照景天參辰曠隔會無緣懸余不遘惟百艱佳人貽我蘇合香何以要之翠鴛鴦懸度弱水川無梁申以錦衣文繡裳三光騁邁景不留鮮以民生忽若浮何爲多念祇自愁

我所思兮在朔方願爲飛燕俱南翔煥乎人道著

三光胡越殊心生異鄉懸余不遘罹可殃佳人遺我羽葆纓何以要之影與形增冰憂結繁華零申以日月指明星星辰有翳日月移鶩馬哀鳴慭不馳何爲多念心自虧

盤中詩　蘇伯玉妻

山樹高鳥鳴悲泉水深鯉魚肥空倉鵲常苦飢吏人婦會夫希出門望見白衣謂當是而更非還入門中心悲北上堂西入階急機絞杼聲催長嘆息當語誰君有行妾念之出有日還無期結中帶長相思君忘妾未知之妾忘君罪當治妾有行宜知

之黃者金白者玉高者山下者谷姓者蘇字伯玉作人才多智謀足家居長安身在蜀何惜馬蹄歸不數年肉千斤酒百斛令君馬肥麥與粟今時人智四足與其書不能讀當從中央周四角

擬四愁詩　張載

我所思兮在南巢欲往從之王山高登崖遠望涕泗交我之懷矣心傷勞佳人遺我筒中布何以贈之流黃素願因飄風超遠路終然莫致增永慕

我所思兮在朔眉欲往從之白雲扉登崖遠望涕泗垂我之懷矣心傷悲佳人遺我雲中翮何以報

之連城璧願因歸鴻超遐隔終然莫致增永積
我所思兮在龍原欲往從之隔太山登崖遠望涕
泗連我之懷矣心傷煩佳人遺我双角端何以贈
之雕玉環願因行雲超重巒終然莫致增永嘆
我所思兮在營州欲往從之路阻脩登崖遠望涕
泗流我之懷矣心傷憂佳人遺我綠綺琴何以贈
之雙南金願因流波超重深終然莫致增永吟

晉惠帝時童謡

鄴中女子莫千妖前至三月抱胡腰

樂府

燕歌行　陸機

四時代序逝不追春風習習落葉飛蟋蟀在堂露盈墀念君遠遊常苦悲君何緬然久不歸賤妾悠悠心無違白日既没明燈輝寒禽赴林匹鳥栖双鴻關關宿河湄憂來感物睇不晞非君之念思爲誰別日何早會何遲

代淮南王　鮑照

淮南王好長生服食鍊氣讀仙經琉璃作枕牙作盤金鼎玉匕合神丹戲紫房紫房綵女弄明璫鸞歌鳳舞斷君腸

朱城九門門九閨願逐明月入君懷入君懷結君
珮怨君恨君恃君愛築城思堅劒思利同盛同衰
莫相棄

代白紵歌辭

朱唇動素袖舉洛陽少年邯鄲女古稱綠水今白
紵催絃急管爲君舞窮秋九月黃葉黃北風驅鴈
天雨霜夜長酒多樂未央

春風澹蕩俠思多天色淨綠氣妍和桃含紅萼蘭
紫芽朝日灼爍發園葩卷幌結幃盈玉筵齊驅秦
吹盧女絃千金顧笑買芳年

行路難

中庭五株桃一株先作花陽春妖治二三月從風簸蕩落西家西家思婦見之惋零淚沾衣撫心歎初送我君出户時何時淹留節迴換牀席生塵明鏡垢纖腰瘦削髮蓬亂人生不得常稱意惆悵徙倚至夜半

剉蘗染黃絲黃絲歷亂不可治昔我與君始相值爾時自謂可君意結帶與我言死生好惡不相置今日見我顏色衰意中索寞與先異還君金釵玳瑁簪不忍見此益愁思

奉君金巵之旨酒玳瑁玉匣之雕琴七彩芙蓉之羽帳九華葡萄之錦衾紅顏零落歲將暮寒光宛轉時欲沉願君裁悲且減思聽我折節行路吟不見柏梁銅雀上仍聞古時清吹音

璿閨玉墀上椒閣文窗綉戶垂羅幙中有一人字金蘭被服纖羅采芳藿春燕差池風散梅開帷對影弄禽雀含歌攬涕不能言人生幾時得爲樂寧作野中之雙鳧不願雲間之別鶴

行路難　釋寶月

君不見孤鴈關外發酸嘶度揚越空城客子心腸

斷幽閨思婦氣欲絕凝霜夜下拂羅衣浮雲中斷開明月夜夜遥遥徒相思年年望望情不歇寄我匣中青銅鏡倩人爲君除白髮行路難行路難夜聞南城漢使度使我流淚憶長安

李夫人及貴人歌　陸厥

屬車桂席塵豹尾香烟滅形影向蘼蕪青蕭復萎絕坐萎絕對蘼蕪臨丹階泣樹途寡鶴羈雌飛且止雕梁翠壁網蜘蛛洞房明月夜對此淚如珠

登臺望秋月　沈約

望秋月秋月光如練照曜三爵臺徘徊九華殿九

華玳瑁梁華榱與壁璫以玆雕麗色特照明月光凝華入黼帳清輝懸洞房先過飛燕戶却照班姬牀桂宮裛裛落桂枝早寒凄凄凝白露上林晚葉颯鳴颯颯鴈門早鴻離離度湛秀質兮似規委清光兮如素照愁軒之蓬影映金堦之微步居人臨此笑以歌別客對之傷且慕經衰圃映寒叢疑清夜帶秋風隨庭雪以比素與池荷而共紅臨玉階之皎皎含霜靄之濛濛轥天衢而徒走驂長漢而飛空隱岩崖而半至隔帷幌而纔通散朱庭之奕奕入青瑣而玲瓏閑堦悲寡鵠沙洲怨別鴻昭姬泣

殿明君思漢宮余亦何爲者淹留此山東

會圃臨春風

臨春風春風起春樹遊絲暖如烟落花霧似霧先泛天淵池還過細柳枝蝶逢飛搖颺燕值羽差池揚桂旆動芝蓋開燕裾吹趙帶趙帶飛參差燕裾合且廻離簪復轉黛顧步惜容儀容儀已炤灼春風復廻薄氛氳桃李花青跗含素萼既爲風所開復爲風所落搖綠帶枕紫莖舞春雪雜流鶯曲房開兮金鋪響金鋪響兮妾思驚梧桐末陰淇川始碧迎行雨於高唐送歸鴻於碣石經洞房響紘素感

幽閨思帷奕想芳園兮可以遊念蘭翹兮漸堪摘拂明鏡之冬塵羅衣之秋襞解既鏗鏘以動珮又絪緼而流麝揺始蕩以入閨終徘徊而緣隙鳴珠簾於繡戶散芳塵於綺席是悵時思婦安能久行役佳人不在玆春風與誰惜

歲暮愍衰草

愍衰草衰草無容色憔悴荒徑中寒荄不可識昔時兮春日昔時兮春風含華兮佩實垂綠兮散紅氛氳鳷鵲右照耀望仙東送歸顧莫泣淇水嘉客淹留懷上宮岩陣兮海岍冰多兮霧散爛熳兮客

根擯幽兮石隙布綿密於寒皐吐纖疎於危石既惆悵於君子倍傷心於行役露高枝於初旦霜紅天於始夕彫芳卉之九衢寶靈茅之三脊風急崤路難秋至客衣單既傷簷下菊復悲池上蘭飄落逐風轉方知歲早寒流螢暗明燭鴈聲斷續委紀長信宮蕪織丹墀曲霜奪莖上紫風銷葉中緑山奕兮青薇兮黃草秋鴻兮疎引寒鳥聚兮輕飛逕荒寒草合桐長舊巖圍夜漸蘼蕪沒箱露日沾衣願逐晨征鳥薄暮共西歸

霜來悲落桐

悲落桐落桐早霜露燕至葉未抽鴻來波已素本出龍門山長枝仰刺天上峯百丈絶下趾萬尋懸幽根已盤結孤株復爲絶初不照光景終年負霜雪自顧無羽儀不願生曲池芬芳本自乏華實無可施匠者時留盼王孫少見之分取生孤卉徒置北堂垂宿莖抽晚榦新葉生故枝〻雖遼遠新葉頗離離春風一朝至榮啓坐如斯自惟良菲薄君恩徒照灼顧己非嘉樹宜用憑阿閣願作清廟琴爲舞雙玄鶴薜荔可爲裳文杏可爲梁勿言草木賤徒照君朱光朱光不徙照爲君含噭眺陰阿綠

水弦陰枝苦寒調厚德不可任敢不虛其若心逢
陽春至吐綠照清得

夕行聞

聞夜鶴鶴叫南池對此孤明月臨風振羽伊吾儀
人之薄無菲賦命之天爵抱地跼促之短長懷隨
冬春而哀樂懸海未之驚鳧傷雲間之鶴鶴離離
昔未離近發天北垂忽值疾風起暫下昆明池復
值冬冰合水宿非所宜欲留不可住欲去飛已疲
勢逐疾風舉求溫向衡楚復值南飛鴻參差共成
侶海上多雲霧蒼茫失洲嶼自此別故群獨向瀟

湘渚故群不離散相依蒼海畔夜止羽相切晝飛
影相亂刷羽共浮沉湛澹泛清潯既不得離別安
知慕侶心九冬霜雪苦六翮飛不任且養凌雲翅
俛仰弄清音所望淨丘子旦夕來見尋

晨征聽曉鴻

聽曉鴻曉鴻度將旦躋弱水之微瀾發成山之遠
岸牀春歸之末幾驚比歲之云半出海漲之蒼茫
入雲途之杳漫無東西之可辨孰遐邇之能筭微
昔見於洲渚越秋期於江漢集勁風於弱軀負重
雪於輕翰寒溪可以飲荒皐可以竄溪水自清徒

形豈足歎秋蓬萎兮未極寒草衰兮無色楚山高
兮難杳度越水深兮不可測美明月之馳光願征
禽之騁翼伊余馬之屢懷知君行之未極夜綿綿
而難曉愁參差而盈臆望山川悉無以唯星河猶
可識聞鴈夜南飛客淚夜沾衣春鴻思暮交客子
方未歸歲去歡娛盡年來容貌非攬衽形雖是撫
臆事多違青蕭雖長復易解白雲誠遠詎難依

解珮去朝市

去朝市朝市深歸暮辭北纓而南徂浮東川而西
顧逢天地之降祥值日月之重光伊當仁之菲薄

非余情之信芳充待詔於金馬春齊宴於柏梁觀
鬭獸於虎圈望窅窕於坡香遊西園兮登銅雀攀
青瑣兮眺重陽講金華兮議宣室晝武帷兮夕文
昌佩甘泉兮履五祚貿朽諧兮緩　光託後車兮
侍華幄遊勃海泛清漳天道有盈缺寒暑遞炎涼
一朝賣玉椀春暮惜餘香曲池無復處桂枝亦銷
亡清廟徙肅肅四陵久茫茫薄暮余多幸嘉運重
來昌叅稽部之南尉典千里之光貴形北荒之濁
河惡横橋於清渭望前軒之早桐對南階之初卉
非余情之屢傷寄玆兮能慰昔日兮懷哉日將暮

兮歸去來

披褐守山東

守山東山東萬里欝青葱兩漢共一窩水潔望如空巖側青莎披岩間丹桂叢上瞻既隱隱下睇亦冥濛遠林響包獸近樹聒鳴虫路帶若溪右泉吐金華東萬仞倒危石百丈逕懸叢瀑曳瀉䟽電奔飛似白虹洞升含清氣漏穴吐飛風玉竇膏滴瀝石室乳空籠峭嶂塗彌險豈岨步纔通余拾平生之所愛欻暮年而斯逢此願一去而不還恨邦衣之未褫挹林壑之清曠事泯俗之詭紛幸帝德之

方升值天網之末毀既除舊而就新故化民而俗從播趙俗以尚徂扇齊風以東靡乳雉方可馴流蝗庶能弭清心矯世濁儉政救民侈滿秩歸白雲淹留事芝之體

行路難二首　吴筠

君不見上林苑中客冰羅霧縠象牙席盡是得意忘年者探腸見膽無所惜白酒甜鹽甘如乳綠觴皎鏡華如碧少年持名不肯嘗安知白駒應過隙博山爐中清和香鬱金蘇合及都梁逶迤好氣皆容貌經過青瑣歷紫房已入中山陰后帳復上皇

帝班姬牀班姬失寵顔不開奉帚供養長信臺日
暮耿耿不能寐秋風切切四面來玉階行路生細
草金爐香炭變成灰得意失意須臾間非君方寸
逆所裁
洞庭水上一株桐經霜觸浪困嚴風昔時抽心燿
白日今且臥死黃沙中洛陽名工見咨嗟一剪一
刻作琵琶白璧規心學明月珊瑚映面作風花帝
王見賞不見忘提携把握登建章掩抑摧藏張女
彈殷勤促柱楚明光年年月月對君王遥遥夜夜
宿未央未央綵女棄明篇爭見拂拭生光儀茱萸

錦衣玉作匣安念昔日枯樹枝不學御山南嶺桂
至今載年猶未知

擬樂府

長相思　張率

長相思名離別美人之遠如雨絕獨延佇心中結
望雲雲去遠望鳥鳥飛滅空望終若斯珠淚不能
雪
長相思久別離所思何在若天垂鬱陶相望不得
知玉階月夕映羅帷風夜吹思長不能寐坐望天
河移

白紵歌辭

歌兒流唱聲欲清舞女趍節體自輕歌舞並妙會
人情依絃度曲婉盈〻揚蛾爲態謹自成
妙聲屢唱輕体飛流津染面散芳菲舉動齊息不
相違令彼佳客澹忘歸時久翫夜月星稀

行路難　費昶

君不見長安客舍門倡家少女名桃根貧窮夜紡
無燈燭何言一朝奉至尊至尊離宮百餘處千門
萬戶不知曙唯聞啞〻城上烏玉闌金井牽轆轤
丹梁翠柱飛屠蘇香薪桂火炊雕胡當年翻覆無

帝定薄命爲女何必麗
君不見人生百年如流電心中坎壈君不見我昔
初入椒房時詎减班姬與飛燕朝踰金梯上鳳樓
暮下瓊鈎息鸞殿柏臺晝夜香錦帳自飛揚笙歌
膝上吹琵琶陌上桑過蒙恩所賜餘光曲沾被旣
逢陰后不自專復值班姬有所避黄河千年始一
清微軀再逢永無議蛾眉偃月徒自妍傅粉施朱
欲誰爲不如天淵水中鳥雙去双歸長比翅

烏栖曲　皇太子

芙蓉作船絲作紼北斗横天月將落採蓮渡頭礙

黃河郎今欲度畏風波
浮雲似帳月成鈎那能夜夜南陌頭宜城醖酒今
行熱停鞍繫馬暫栖宿
青牛丹轂七香車可憐今夜宿倡家倡家高樹烏
欲栖羅幃翠帳向君低
織成屏風金屈膝朱脣玉面燈前出相看氣息望
君憐誰能含羞不自前

從軍行

雲中停陣羽檄驚甘泉烽火通夜明二師將軍新
築營嫖姚校尉初山征復有山西將絕世受雄名

三門應遁甲五壘學神兵白雲隨陣色蒼山答鼓聲逶迤觀鵞翼參差覩鴈行先平小月陣郤滅大宛城善馬還長樂黃金付水衡小婦趙人能鼓瑟侍婢初笄解鄭聲庭前桃花飛已合必應紅粧起見迎

和蕭侍中子顯春別四首

別觀蒲萄帶實垂江南豆蔻生連枝無情無意猶如此有心有恨徒自知

蜘蛛作絲滿帳中芳草結葉當行路紅臉脉脉一生啼黃鳥飛飛有時度故人雖故昔經新新人雖

新復應故
可憐淮水去來潮舂堤楊柳覆河橋淚迹未慘詎
終朝行聞玉佩已相要
桃紅李白若朝粧羞持顦顇比新楊不惜暫住君
前死愁無西國更生香

雜詩

歷九秋兮三春分遣貴客兮遠賓顧多君心所親
乃命妙妓才人炳若日月星辰
序金罍兮玉觴賓主遞起鴈行杯若飛電絕光交
觴接卮結裳慷慨歡笑萬方

春新詩兮夫君爛然虎變龍文渾如天地未分齊
謳楚舞紛紛歌聲上徹青雲
窮八音兮異倫奇聲靡靡每新徵咲素齒丹唇逸
響飄薄粱塵精美眇眇入神
坐咸醉兮沾歡引樽促席臨軒進爵獻壽翻翻千
秋要君一言願愛不移若山
君恩愛兮不竭譬若朝日夕月此景萬里不絶長
保初醮結髮何憂生生胡越
携弱手兮登環上遊飛閣雲間穆若鴛鳳双鶩還
華蘭房自安娛心極樂難原

樂既極兮多懷慼時忽逝若頹寒暑草御景廻春
榮隨風飄摧感物動心增哀
妾受命兮孤靈男兒隨地稱殊女弱難存若無骨
肉至親更疎奉事他人托軀
君如影兮隨形賤妾如水浮萍明月不能常盈誰
能無根保榮良時冉冉代征

雜句春情一首

蝶黃花紫燕相追楊低柳合路塵飛已見垂鉤挂
綠樹誠知其水沾羅衣兩童夾車問不已五馬城
南猶未歸鶯啼春欲駃無爲空掩扉

擬古一首

窺紅對鏡斂双眉含愁拭淚坐相思念人一去許多時眼語笑靨迎來情心懷心想甚分明憶人不忍語御恨獨呑聲

倡樓怨節六言

朝日斜來照戶春烏爭飛出林片光片影皆麗一聲一囀煎心上林紛紛花落淇水漠漠苔浮年馳節流易盡何爲忍憶含羞

湘東三春別應令四首

昆明夜月光如練上林朝花色如霰花朝月夜動

春心誰忍相思不相見

試看機上交龍錦還瞻庭裏合歡枝映日通風影

朱幔飄風搖華度金池不聞離人當重合唯悲合

罷會成離

門前楊柳亂如絲直置佳人不自持適言新作裂

紈詩誰悟今成織素辭

日暮徙倚渭橋西正月涼月與雲齊若使月光無

近遠應照離人今夜啼

春別四首　蕭子顯

翩鶯度燕双比翼楊柳千條共一色但看陌上攜

手歸誰能對此空中憶

幽宮積草自芳菲黃鳥着樹情相依爭風競日常閗響重花疊葉不通飛當知此時動妾思懸使羅袂拂君衣

江東大道日華春垂楊掛柳掃輕塵淇水昨送淚沾巾紅粧宿昔已應新

御悲覽蕩别心知桃花李花任風吹本知人心不似樹可意人别似花離

府栖烏曲應令二首

握中酒杯碼碯鍾裾邊雜珮琥珀紅欲持寄君心

不惜共指三星今何夕
淚黛紅輕點花色還欲令人不相識金壺夜永誰
能多莫持賒用比懸河

燕歌行

風光遲舞出青蘋蘭苕翠鳥鳴發春洛陽梨花落
如雪河邊細草細如茵桐生井底葉交枝今看無
端雙燕離五重飛樓入雲漢九華閣道暗清池遥
看白馬津上吏傳道黃龍征戍兒明月金光徒照
妾浮雲玉葉君不知思君昔去柳依依至今八月
避暑歸明珠蚕繭登勉機鬱金香熏持香衣落陽

城頭鷄欲曙丞相府中烏未飛夜夢征人縫狐貉私憐織婦裁錦緋吳刀鄭綿絡寒閨夜被薄芳年海上水中鳧日暮寒夜空城雀

行路難

王筠

千門皆閉夜何央百憂俱集斷人腸探揣箱中取刀尺拂拭機上斷流黃情人逐情可恨復畏邊路遠乏衣裳已緼一爾催衣縷復擣百和裛衣香猶憶去時腰大小不知今日身短長裲襠雙心共一袜袙複兩邊作八襊襻帶雖安不忍縫開孔裁穿猶未達胷前却月兩相連本照君心不照天願君

悲甚怨去筆下全是血紙上全是魂當与千古有情人相聞

分明得此意勿復流蕩不如先含悲含怨判不死
封情忍思待明年

元廣州景仲座見故姬一首　右劉孝綽

留故夫不踟躕別待春山上相看採蘼蕪

詩擬古應教　劉孝威

雙棲翡翠兩鴛鴦巫雲落月乍相忘誰家妖冶折
花枝蛾眉曼睇使情移青鋪綠隟流璃扉瓊筵玉
笥金縷衣美年人幾何十餘含羞轉笑斂風裾珠
丸出彈可追空留可憐持與誰

別義陽郡　徐君倩

翔鳳樓遥望與雲浮歌聲臨樹出舞影入江流葉
落看林迥天高應向秋
飾面亭粧成更點星頰上紅凝淺眉心黛不青故
留殘粉絮掛看箔簾釘

王叔英婦贈答一首

粧鉛點黛拂輕紅鳴環動珮出房櫳看梅復看柳
淚滿春衫中

春日白紵曲　沈約

蘭葉參差桃半紅飛芳舞縠戲春風翡翠群飛飛
不息願在雲間長比翼

秋日白紵曲

白露欲凝草色黄金瑄玉桂響洞房双心一影俱
迴翔吐情寄君君莫忘

玉臺新詠目錄卷之十

玉臺新詠卷第十

古絶句四首

藁砧今何在山上復有山何當大刀頭破鏡飛上天

日暮秋雲陰江水清且深何用通音信蓮花玳瑁簪

菟絲從長風根莖無斷絶無情尚不離有情安可別

南山一樹桂上有双鴛鴦千年長交頸歡慶不相忘

與妻李夫人聯句　賈充

室中是阿誰歎息聲正悲　歎息亦何爲但恐大義虧　大義同膠漆匪石心不移　人誰不慮終日月有合離　我心子所達子心我所知　若能不食言與君同所宜

情人碧玉歌　孫綽

碧玉小家女不敢攀貴德感郎千金意慙無傾城色

碧玉破瓜時郎爲情顛倒感君不羞赧迴身就郎抱

迴身二字做作得妙

真温存

感得妙

情人歌　王獻之

桃葉復桃葉渡江不用檝但渡無所苦我自來迎接

桃葉復桃葉く連桃根相憐兩樂事獨使我殷勤

荅扇歌

七寶畫團扇粲爛明月光與郎却暄暑相憶莫相忘

青青林中竹可作白團扇動搖郎玉手因手託方便

團扇復團扇，許持自障面。憔悴無復理，羞與郎相見。

團扇復　扇許持自障面憔悴無復理羞與郎相
見

東陽溪中贈荅　謝靈運

可憐誰家婦緣流洗素足明月在雲間迢迢不可
得
可憐誰家郎緣流乘素舸但問情君爲月就雲中
墮

丁督護歌二首　宋孝武

督護征初時儂亦惡聞許願作石尤風四面斷行
旅

黃河流無極洛陽數千里坎軻我途間何由見歡子

擬徐幹詩一首

自君之出矣珠翠闇無精思君如日月廻環晝夜生

詠裲襠枕

端木生河側因病遂成妍朝將雲髻別夜與蛾眉連

閨婦荅憐人

昔如影與形今如胡與越不知行遠近忘却離年

月

寄行人

桂吐兩三枝蘭闇四五葉是時君不歸春風從笑妾

近代西曲歌五首

石城樂

生長石城下開門對城樓城中美少年出入見儂投

估客樂

有客數寄書無信心相憶莫作瓶落井一去無消息

烏夜啼

歌舞諸年少，娉婷無種跡。菖蒲花可憐，聞君不曾織。

襄陽

朝發襄陽城，暮至大堤宿。大堤諸女兒，花艷驚郎目。

楊叛兒

暫出白門前，楊柳可藏烏。郎作沉水香，儂作博山爐。

近代吳歌九首

春歌

朝日照北林初花錦繡色誰能春不思獨在機中織

夏歌

鬱蒸仲暑月長嘯北湖邊芙蓉始結葉抛艷未成蓮

秋歌

秋威入窓裏羅帳起飄颺仰頭看月明寄情千里光

冬歌

淵冰厚三尺素雪覆千里我心如松柏君心復何似

前溪

黄鳥結蒙朧生在洛溪邊花落隨流去何見逐流還

上聲歌

新衫繡兩襠迮置羅裳裏微步動輕塵羅裙隨風起

歡聞歌

遥遥天無柱流漂萍無根單身如螢火持底報郎

君

長樂佳

紅羅複斗帳四角垂珠璫玉枕龍鬚席郎眠何處

牀

獨曲

柳樹得春風一低復一昂誰能空相憶獨眠度三

陽

近代雜歌五首

潯陽樂

稽亭故人去九里新人還送一便迎兩無有暫時

閑

青陽歌曲

青荷蓋綠水芙蓉發紅鮮下有並根藕上有同心蓮

蠶絲歌

春蠶不應老晝夜常懷思何惜微軀盡纏綿自有時

雜詩

玉釧色分未衫輕似露腕舉袖欲障羞迴持理髮亂

丹陽孟珠歌

陽春二三月草與水同色道途遊冶郎恨不早相
識

錢塘蘇小歌

妾乘油壁車郎騎青驄馬何處紅同心西陵松柏
下

擬古　王元長

花蒂今何在亦是林下生何當垂双髻團扇雲間
明

徐幹代

自君之出矣，金爐香不燃。思君如明燭，中宵空自煎。

秋夜

秋夜長，復長夜長，樂未央。舞袖拂明燭，歌聲繞鳳梁。

詠火

冰容慙遠鑒，水質謝明輝。是照相思夕，早望行人歸。

玉階怨 謝朓

夕殿下珠簾，流螢飛復息。長夜縫羅衣，思君此何

極

金谷聚

渠椀送佳人玉杯要上客車馬一東西別後思今夕

王孫遊

綠草漫如絲雜樹紅英發無論君不歸君歸芳已歇

同王主簿有所思

佳期期未歸望望下鳴機徘徊東陌上月出行人稀

玉階怨　虞炎

紫藤拂花樹，黄鳥間青枝。思君一歎息，苦淚應言垂。

襄陽白銅鞮　沈約

分手桃林巖，送别峴山頭。若欲寄音息，漢水向東流。

早行逢故人車中爲贈

殘朱猶曖曖，餘粉尚霏霏。昨宵何處宿，今晨拂露歸。

爲隣人有懷不至

影逐斜月來香隨遠風入言是定知非欲笑翻成泣

詠王昭君　施榮泰

垂羅下椒閣舉袖拂胡塵卽〻撫心歎蛾眉誤殺人

詠酌酒人　高爽

長筵廣未同上客嬌難逼還杯了不顧迴身正顏色

吳興妖神贈謝府君覽

玉釵空中墮金鈿色行歇獨泣謝春風孤夜傷明

月

採菱　江洪

風生綠葉聚，波動紫莖開。含花復含實，正待佳人來。

白日和清風，輕雲雜高樹。忽然當此時，採菱復相遇。

水曲

瀉溲復皎潔，輕鮮自可悅。横使有情禽，照影遂孤絶。

塵容不忍飾，瞻池思客歸。誰能取渌水，無處浣羅

衣

秋風

孀居憎四時況在秋閨內凄葉流晚暉虛庭吐寒菊北牖風摧樹南籬寒蛩吟庭中無限月思婦夜鳴砧

詠美人治粧

上車畏不妍顧盼更斜轉大恨畫眉長猶言顏色淺

王昭君嘆　范靜婦

早信丹青巧重貨洛陽師千金買蟬鬢百萬寫蛾
眉
今朝猶漢地明旦入胡關高堂歌吹送遊子夢中
還
映水曲
輕鬢學浄雲雙蛾擬初月水澄正落釵萍開理垂
髮
南苑　何遜
苑門闢千扇苑戸開萬扉樓殿聞珠履竹樹隔羅
衣

閨怨

閨閣行人斷，房櫳月影斜。誰能北窗下，獨對後園花。

爲人妾思

燕戲還簷際，花飛落枕前。寸心見不見，拭淚坐調絃。

詠春風

可聞不可見，能重復能輕。鏡前飄落粉，琴上響餘聲。

秋閨怨

竹葉響南窓月光照東壁誰知夜獨覺枕前双淚滴

雜句　吴均

畫蟬已傷念夜露復沾衣昔别曾何道今夕螢光飛

錦腰連枝滴繡領合歡斜夢中雖不見終成亂眠花

蜘蛛簷下掛絡緯井邊啼何曾得見子照鏡窓東西

泣聽離夕歌悲銜别時酒自從今日去當復相思

吾

春思　王僧孺

雪罷枝即青冰開水便綠復聞黃鳥吟令作相思
曲

爲徐僕射妓作

日晚應歸去上客强盤桓稍知玉釵重漸見羅襦
寒

光宅寺　徐悱婦

長廊欣目送廣殿悅逢迎何當曲房裏幽隱無人
聲

題甘蕉葉示人

夕泣似非疎夢啼太真數唯當夜枕知過此無人
覓

摘同心梔子贈謝娘因附此詩

兩葉雖爲贈交情永未因同心處何恨梔子最關
人

代陳慶之美人爲詠

臨粧欲含涕羞畏家人知還待粉中絮擁淚不聽
垂

夢見故人

亂離方知恨人心定不同誰能對角枕長夜一邊
空

有期不至

黃昏信使斷銜怨心悽悽迴燈向下榻轉面暗中
啼

代西豐侯美人　王環

於今辭宴語方念泣離違無因從朔鴈一向黃河
飛

邊戍　梁武帝

秋月出中天遠近無偏異共照一光輝各懷離别

思

詠燭

堂中綺羅人席上歌舞兒待我光泛灧爲君照參差

詠筆

昔聞蘭蕙月獨是桃李年春心儻未寫爲君照情筵

詠笛

柯亭有奇竹含情復抑揚妙聲發五指龍音響鳳凰

詠舞

腕弱復低舉身輕由廻縱可謂寫自歡方與心期共

聯句詩

傾城非人美十載難重逢雖懷軒中意愧無鬒髮容

春歌

階上歌入懷庭中花照眼春心一如此情來不可限

蘭葉始滿地梅花已落枝持此可憐意摘以寄心

知
朱日光素冰黄花映白雪折梅寄佳人共迎陽春
月

夏歌

江南蓮花開紅光復碧水色同心復同藕異心無
異
閨中花如綉簾上露如珠欲知有所思停織復踟
蹰
玉盤着朱李金杯盛白酒雖欲持自新五恐不甘
口

含桃落花日黃鳥營飛時君住馬已疲妾去蚕欲飢

秋歌

繡帶合歡結錦衣連理文情懷入夜月含笑出朝雲

七采紫金桂九華白玉梁但歌雲不去含吐有餘香

吹漏未可停絃斷更當續俱作雙絲引共奏同心曲

當信抱梁期莫聽迴風音鏡上兩人髻分明無兩

心

子夜歌

恃愛如欲進含羞未肯前朱口發艷歌玉指弄嬌絃

朝日照綺牕光風動紈羅巧笑蒨兩犀美目揚双蛾

上聲歌

花色過桃杏名稱重金瓊名垂非下里含笑作上聲

歡聞歌

豔豔金縷女心如玉池蓮持底報郎思俱期遊梵天
南有相思木合清復同心遊女不可求詎能息空陰

團扇歌

手中白團扇淨如秋團月清風任動生嬌香承意發

碧玉歌

杏梁日始照蕙席歡未極碧玉奉金杯綠酒助花色

襄陽白銅鞮歌

陌頭征人去閨中女下機含情不能言送別沾羅衣

草樹非一香花葉百種色寄語故情人知我心相意

龍頭紫金鞍翠毦白玉羈照耀双闕下知是襄陽兒

皇太子二十一首

被空眠數覺寒重夜風吹罷幃非海水那得度前知

行雨

本自巫山來無人覩容色唯有楚王臣曾言夢相識

梁塵

依帷濛重翠帶日聚輕紅定爲歌聲起非關團扇風

華月

兔絲生雲夜蛾影出漢時欲傳千里意不照十年悲

夜夜曲

北斗欄干去夜〻心獨傷月輝橫射枕燈光半隱牀

從頓還城南

暫別兩成凝開簾生舊憶都知未有情更似新相識

春江曲

客行支念路相將度江口誰知堤上人拭淚空搖手

新燕

新禽應節歸俱向吹樓飛入簾驚釧響來窓礙舞

衣

彈箏

彈箏北窗下夜夜響清音愁張高絃易斷心傷曲不

遒

夜遣内人還後舟

錦幔扶船洌蘭橈拂浪浮去燭猶文水餘香尚滿

舟

詠武陵王左右

頂分如兩髻簪長駿上頭投杯如欲轉凝殘已復

留

有所思

可歎不可思可思不可見餘絃斷瑟柱殘朱染歌扇

寂寂暮簷響黯〻垂簾色唯有⿰金毛⿰商毛苔如見蜘蛛織

入林看碚礰春至定無賒何時一可見更得似梅花

遊人

遊戲長楊苑携手雲臺間歡樂未窮已白日下洛山

贈麗人

腰肢本猶絶眉眼特驚人判自無相比還來有洛神

遥望

散誕垂紅帔斜柯插玉簪可憐無有比恣許直千金

愁閨照鏡

別來顦顇久他人怪容色只有匣中鏡還持自相識

浮雲

可憐片雲生暫重復還輕欲使襄王夢應過白帝城

寒閨

綠葉朝朝黄紅顔日日異譬喻持相比那堪不愁思

和人渡水

婉婉新上頭湔裾出樂遊帶前結香草鬢邊揷石榴

春閨思　蕭子顯

金羈遊俠子綺機離思妾春度人不歸望花盡成

葉

詠苑中遊人

二月春心動遊望桃花初迴身隱日扇却步斂風

裾

遥見美人採荷　劉孝綽

菱莖時繞釧棹水或沾粧不辭紅袖濕唯憐綠葉

香

詠小兒採

採菱非採渌日暮且盈舫踟躕未敢進畏欲比殘

桃

詠舞曲應令

歌聲臨晝閣舞袖出芳林石城定若遠前溪應幾深

詠主人少姬應教

故年齊總角今春半上頭那知夫壻好能降使君留

詠長信宮中草

委翠似知節含芳如有情全由履迹少併欲上階生

石崇金谷妓

蘭堂上客至綺席清絃撫自作明君辭還敎綠珠舞

蕩婦高樓月　王臺卿

空庭高樓月非復三五圓何須照林裏終是一人眠

南浦別佳人

斂容送君別一歛無開時只應待相見還将笑解眉

詠織女　劉孝儀

金鈿已照曜白日未蹉跎欲待黄昏後含嬌渡淺

河

詠石蓮

蓮名堪百萬石姓重千金不解無情物那得解人心

和定襄侯初笄　劉孝威

合髮仍昔髮略鬟即前絲從今一梳罷無復更縈時

古體雜意

朝日大風霜寄事是交傷葉落枝柯淨常自起某張

詠佳麗

可憐將可念可念直千金唯言有一恨恨不遂人心

和定襄侯楚越衫

裁縫在篋笥薰鬂帶餘香開看不忍着一見落千行

爲徐陵傷妾　　何曼才

遲く衫掩淚憫く恨縈胷無復專房日猶望下山逢

詠袙複　　蕭驎

的的金紘淨離離實撮分纖腰非學楚寬帶爲思
君

詠殘燈　紀少瑜

殘燈猶未滅將盡更揚輝唯餘一兩燄纔得解羅
衣

暮寒　王叔英婦

梅花自爛熳百舌早迎春遞寒衣遞薄未肯惜腰
身

詠歌眠　戴嵩

拂枕薰紅帊迴燈復解衣傍邊知夜永不喚定應

歸

詠繁華　劉泓

可憐宜出衆的〱最分明秀眉開雙眼風流右語聲

玉臺新詠卷之十

玉臺新詠集後序

右玉臺新詠集十卷幼時至外家李氏於廢書中得之舊京本也宋失一葉間復多錯謬版亦時有刻者欲求他本是正多不獲嘉定乙亥在會稽始從人借得豫章刻本財五卷蓋至刻者中徙故弗畢也又聞有得石氏所藏錄本者復求觀之以補亡校脫於是其書復全可繕寫夫詩者情之發也征戍之勞苦室家之怨思動於中而形於言先王不能禁也豈惟不能禁且逆探其情而著之東山杕杜之詩是矣若其他變風化雅豈謂無膏沐誰

適爲容終朝采緑不盈一掬之類以此集撡之語意未大異也顧其發乎情則同而止乎禮義者蓋鮮矣然其間僅合者亦一二焉其措詞託興高古要非後世樂府所能及自唐花間集已不足道而況近代狹邪之説號爲以筆墨動淫者乎又自漢魏以來作者皆在焉多蕭統文選所不載覽者可以覩歷世文章盛衰之變云是歲十月旦日書其後永嘉陳玉父

右陳徐陵纂唐李康成云昔陵在梁世父子俱事東朝特見優遇時承平好文雅尚

宫體故采西漢以來詞人所著樂府艷詩以備諷覽　見讀書志

玉臺新詠後序